KB197381

웹툰 보러 출근합니다

일러두기

✦ 본 도서는 국립국어원의 표기 규정과 외래어 표기 규정을 따랐습니다.
  다만 일부 용어는 입말을 고려하여 쓰였습니다.
✦ 단행본은 『』, 영화, 드라마, 방송 프로그램, 웹툰 작품명은 〈 〉로 표기하였습니다.

웹툰 보러 출근합니다

산타 PD 지음

기획부터
완결까지

웹툰 PD의
좌충우돌
성장 일기!

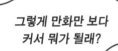

그렇게 만화만 보다
커서 뭐가 될래?

덕.업.일.치

웹툰 PD가
되었습니다!

지콜론북

"덕질이 밥 먹여준대요!" 드라마 PD로서 다른 장르의 덕업일치의 삶을 엿보는 일은 흥미로웠다. 이야기를 발굴해 시각화하여 대중에게 보여주는 업의 본질이 같았기 때문일까? 결국 하고 싶은 것을 이뤄내고야 마는 비결이 담겨 있기에, 단순 직업 도서라 말하고 싶지 않다. '열정과 비례한 노력' 그 시너지에 전염되고 초심을 되찾고 싶은 이에게 이 책을 권한다.

김하나(〈마당이 있는 집〉, 〈유괴의 날〉 드라마 PD)

만화를 사랑하는 마음 하나로 시작된 여정이 이토록 빛날 줄 몰랐다. 작가의 첫 원고부터 완결까지, 독자의 첫 설렘부터 마지막 감동까지, 그 모든 순간을 함께하는 웹툰 PD의 성장기가 담겨 있다. 꿈을 현실로 만들어내는 과정을 가장 현실적이고 매력적으로 풀어낸 이야기가 지금 시작된다.

김경희(오키로북스 사장, 『비낭만적 밥벌이』 저자)

웹툰의 시작과 끝, 모든 순간에 존재하는 PD의 이야기. 웹툰 PD가 있기에 작품은 더욱 빛을 낼 수 있다. 이 책은 그 빛을 어떻게 내주는가에 대한 가이드이다.

휘요(〈물망초 로맨스〉, 〈이계막차〉, 〈북설애담〉 웹툰 작가)

작가로서는 필수 불가결인 동행. 그럼에도 늘 막연할 수밖에 없는 'PD'라는 존재에 한 층 가까워질 수 있는 책. 어떤 사람이 웹툰 PD가 되는가. 그들은 어떤 생각을 하며 어떤 일을 하는가. 연재라는 목표를 향해 작가와 이인삼각을 하는, 내 작품의 첫 독자인 PD님의 머릿속을 남몰래 들여다볼 수 있는 기회이다.

우주돌(〈도둑잡기〉, 〈사람의 탈〉 웹툰 작가)

좋아하는 일로 먹고 살고싶다는 말을 어리광쯤으로 보는 시대에, 만화가 좋아 웹툰 PD가 되었다는 이야기는 소설처럼 들렸다. 그러나 이것은 어른들을 위한 동화다. '좋아하는 일로 먹고 살 수 있을까?' 같은 흔한 의심과 계산 없이, 천진난만하고 순수하게 꿈에 뛰어든 도전기 속에서 어떤 순간엔 부러움을, 또 한편으로는 반성 섞인 부끄러움을 느꼈다. 웹툰 PD가 되는 법은 이 책에 없다. 대신 꿈을 위해 자신이 좋아하는 일을 당당하게 사랑하고, 의심하지 말고, 도전하고 부딪히면 된다는 교훈이. 그리하면 무엇이든 될 수 있다는 용기와 응원이 이 책에 고스란히 담겨 있다.

고재형(『나 좋자고 하는 일인데요』, 『문과 생존 원정대』 저자)

웹툰 PD에 대해 이렇게 진솔한 경험과 알찬 내용으로 구성된 책이라니 귀중한 자료이다. 저자를 중학생 시절부터 알았는데, 오랜 기간 웹툰에 대한 애정과 열정으로 직업부터 책까지 냄을 보며 깨달았다. '무엇이든 꾸준히 열심히 한다면, 그게 곧 길이 된다'라는 것을. 미래의 웹툰 작가와 웹툰 PD들에게 도움이 될 만한 내용들로 가득한 책이라 자부한다.

공덕희(만화, 웹툰 교육 기관 애니포스 대표)

웹툰 속에 머문 시간들

웹툰을 사랑하는 사람들에게 보내는 편지

좋아하는 일을 좋은 사람들과 함께할 때, 그것만큼 행복한 순간이 또 있을까요? 이 책은 제가 웹툰 PD로 일하며 경험했던 이야기를 담은 모음집입니다. 웹툰에 진심인 동료들과 함께 만들어나간 플랫폼에 보석같이 다채로운 빛을 내주는 작품을 그려주시는 작가님들과 매일 놀러, 쉬러 오는 독자님들과 함께해서 완성되었던 판타지 장르의 동화 같은 이야기라고도 소개하고 싶습니다.

제가 웹툰 PD로 일했던 만화경은 '신재미 발견'이라는 슬로건을 가지고 일상 속 힐링이 되는 보물 같은 작품을 찾고 조명했던 플랫폼이었습니다. 저는 웹툰 PD로서 플랫폼과 작가님들과 독자님들을 연결하는 다리가 되어 일했었습니다. 이곳에서 시작부터 마지막까지 받았던 작가님들과 독자님들의 플랫폼을 향한 애정과 진심이 담긴 메시지들에 대한 감사함에 펜을 들고 여기까지 왔으니, 이 책은 그 마음들에 대한 답장이라고도 말할 수 있겠습니다.

웹툰 PD로 일하던 시절, 제가 가장 자주 들었던 질문은 두 가지였습니다. "웹툰은 어떻게 만들어요?", "웹툰 PD는 무슨 일을 하나요?" 그래서 직접 써보기로 했습니다. 이 세계를 궁금해하는 분들의 호기심을 풀어드리기 위해, 그동안의 좌충우돌 성장기를 담았습니다. 이 이야기가 웹툰 PD와 작가를 꿈꾸는 분들에게는 현실적인 도움이 되고, 진로에 대해 고민하고 열정을 되찾고 싶은 이들에게도 자신이 좋아했던 일이 무엇인지를 다시금 떠올릴 수 있는 불씨가 되기를 바라며. 그리고 보다 다채로운 장르와 내용의 작품들을 그리고 발견하고 응원해 줄 작가님들과 PD님들, 독자님들을 기대하며 편지를 마칩니다.

웹툰을 사랑하고, 웹툰을 만들어온 한 사람으로서

목차

1장

만화만 보면 돈이 나오니?
네, 나오던데요!

2장

출근이 기다려지고 퇴근이 아쉬운
직장인이 있다?

3장

작가님과 독자님과 플랫폼을 연결하는 웹툰 PD입니다

4장

만남이 있다면
헤어짐도 있는 법이죠

1장

만화만 보면 돈이 나오니?
네, 나오던데요!

그렇게 만화만 보다
커서 뭐가 될래?

어릴 적, 학교가 끝나면 매일 출석 도장을 찍던 곳이 있었다. 바로 만화방. 세상의 재미있는 모든 이야기가 이 10평 남짓한 작은 공간에 가득했다. 학교나 학원이 끝나면 하루에도 여러 번 틈날 때마다 자석처럼 끌린 듯이 만화방에 들렀다. 어떤 책을 볼지 살펴보고 어느새 바닥에 앉아 집중해서 읽다 보면 벌써 저녁 시간. 읽고 있던 만화책을 빌려 품에 한 아름 가득 안고 집에 돌아오는 길은 마치 부자가 된 것처럼 행복했다.

"너 그렇게 만화만 보다 커서 뭐가 될래?"

부모님은 매일 만화책을 보는 나를 걱정스러운 눈으로 바라봤지만, 내게 만화는 단순한 오락거리가 아니었다. 새로운 세상, 새로운 이야기를 알게 해주고, 꿈꾸게 해주었으며 외롭지 않게 만들어주었다. (그래서 그때의 내겐) 모든 이야기가 다 있는 만화방이 세상이었다.

글뿐만 아니라 그림으로 이야기를 생생하게 보여주는 만화책이 장르별, 나라별로 가득한 곳. 매일 새로운 책이 들어오는 그곳은 작지만 무궁무진한 세계와 같았다. 마치 보물섬처럼 반짝이는 보물로 가득 차 있었다.

오늘은 또 어떤 재미를 찾을 수 있을지 두근거리는 마음으로 열심히 살펴보고, 만화책부터 판타지와 로맨스 소설책까지 그 세계로 들어간 듯이 몰입하고 빠져들었다. 어느 날은 소설 속 로맨스 주인공이 되기도 했고, 판타지 소설 속 능력 있는 정령왕이 되기도 했다가, 범인을 찾는 추리를 하기도 하면서.

좋아하는 만화 캐릭터(라 적고 도라에몽이라고 읽는다)도 따라 그렸는데 여러 캐릭터들을 따라 그리다 보니, 나만의 캐릭터도 그려보고 말풍선과 이야기를 붙여 만화를 만들기도 했다. 어릴 적 유난히 소심하고 내성적인 성격 탓에 학교에서 있는 듯 없는 듯 구석에 혼자 있던 내게 그림은 혼자서도 놀 수 있는, 그리고 혼자 있어도 어색해 보이지 않는 활동이었다. 그렇게 집중해서 그리다가 "우와" 하는 소리에 고개를 들면, 어느새 내 책상 앞에 아이들이 반짝이는 눈을 하며 모여 있었다. "너 그림 진짜 잘 그린다! 나도 그려줄 수 있어?"

좋아해서 그렸던 만화 덕분에 반 아이들과 말할 수 있었고, 그렇게 친구들도 생겼다.

#만화가 정말 밥 먹여 주던데요?

"만화에서 밥이 나오니, 돈이 나오니?"라며 걱정하던 어른들에게 충격적인 사실을 말할 수 있다. 바로… 정말 만화에서 밥도 돈도 나온다는 것! 내가 바로 산 증인이기에 자신 있게 말할 수 있다. 만화로도 돈을 벌수 있다.

지금도 어딘가에는 자녀가 만화만 봐서 걱정하는 부모님이 있을 것이다. 걱정하는 어른들과 부모님들이 내 이야기를 통해 안심할 수 있길 바라본다. 게임을 좋아해 프로 게이머가 되고 만화를 좋아해 만화가가 되는 것처럼, 무엇인가를 좋아하는 게 있다는 그 자체만으로도 공부가 되고 능력과 직업까지 이어질 수 있다. 가끔 아버지의 지인 자녀들이 웹툰 PD인 나를 부러워한다는 이야기를 듣고 생각해 본다. 무엇이든 꾸준히 열심히 한다면 그게 곧 길이 될 수 있다는 것을.

성덕이 되었습니다

만화 외길 어언 20여 년째. 수많은 만화를 보았지만, 그중 최애*를 묻는다면? 한 치의 고민도 없이 외친다.

최고로 애정하는 캐릭터의 줄임말이다.

"도라에몽!"

그간 나를 웃고 울게 만든 캐릭터들이 많았는데도 왜 몇십 년이 지나도 이 친구만 생각날까? 도라에몽은 동그란 몸에 귀엽고 착하기까지 하다. 꼬마였던 내가 보기에도 답답하고 한심하게 보였던 진구를 늘 도와주는 존재. 동그란 몸에 장착한 주머니에는 없는 게 없는데, 진구를 위해서라면 뭐든 꺼내주곤 한다. 그래서

였을까? 그 동그랗고 파란 존재가 사랑스럽게 보이고 자신이 아닌 남에게 행복을 선물하는 도라에몽 역시도 행복해지길 응원하게 되었다.

고등학교에서는 만화와 애니메이션을, 대학교에서는 시각 디자인과 중국어를 전공하고 나니 졸업 후 어느 길로 취업해야 할지 고민이 깊어졌다. 남들보다는 여러 전공을 한 편이지만, 그렇다고 해서 긴 시간 깊게 공부했다고 할 수는 없기 때문에 한 가지 분야를 내세우기도 어려웠다.

일은 몇십 년이나 해야 하는 것이기에(슬프다) 어차피 일해야 한다면, 내가 좋아하는 일을 하자! 이것만은 타협하지 말자고 다짐했다. 해야 해서 하는 일이 아닌 누가 시키지 않아도 꾸준히 하는 일. 이런 일이 뭐가 있을까 생각하니, 매일 여가 시간에 아직 유명하지 않은 신규 작품이나 정식으로 연재되지 않은 도전 만화들을 찾아보고, 그 만화를 좋아할 만한 지인들에게 추천하는 일이었다.

만화는 내게 그런 존재였다. 힘든 일이 있을 때도,

피곤할 때도, 외로울 때도, 도피하고 싶을 때도, 심심할 때도 늘 찾아갈 수 있는 세상. 그리고 만화를 볼 때만큼은 아무 생각 없이 몰입하고 즐거울 수 있는 환기처. 일상 속 재미와 힐링을 주는 만화를 더 많은 이들의 일상에 선물하고 싶었다. 그래서 채용 사이트에 '만화/웹툰' 키워드로 찾다가 운명 같은 공고를 발견했다.

[중화권 웹툰 수입, 수출 담당자를 찾습니다]
- 일상 중국어를 구사할 수 있으며,
- 만화를 좋아하고,
- 디자인 능력이 있는 분 환영합니다!

이건 분명 만화부터 디자인, 그리고 중국어를 전공한 나를 찾는 채용 공고가 아니겠는가? 경력직을 찾는 공고였지만 미국 인턴십 1년의 기간으로 경력을 우겨보며 '당신들이 찾는 인재가 바로 나'라는 지원서를 접수했고, 감사하게도 합격이라는 결과를 얻을 수 있었다. 그리고 그곳은 도라에몽의 국내 유통을 독점으로 관리하고 운영하는 만화 출판사였다.

첫 회사가 도라에몽의 국내 유통을 담당하는 만화 출판사라니. 이 소식을 들은 부모님은 "네가 바로 성덕*이구나"라며 신기해하고, 인정해 주셨다. 그렇게 "만화만 보다 커서 뭐가 될래?"라는 걱정을 듣던 아이는 커서 최애인 도라에몽을 유통하는 만화 출판사에 취업하는 성덕이 되었다.

> 성공한 덕후의 줄임말이다.

만화 보는 게 일?

드디어 첫 출근 날. 두근거리는 마음으로 깔끔한 옷으로 차려입고 회사로 향했다. 메일을 통해 사전 안내 받은 대로 우선 인사팀에 들러 근로 계약서를 작성하고 팀장님을 따라 사무실로 이동했다. 그리고 차례로 각 층을 돌며 여러 부서 사람들에게 인사를 마치고 자리에 앉았다.

자, 이제 본격적으로 일을 시작해 볼까?

첫 업무는 바로… 만화 보기였다!

얼마 후 출간될 만화책의 내용을 직접 확인할 겸, 그리고 오탈자나 그림에 잡티가 있는지 더블 체크할 겸 스캔 된 만화책 파일을 컴퓨터로 한 장, 한 장 집중해서 살펴보는 일. 처음에는 오탈자 찾기라는 업무로 매의 눈으로 살펴보다가 어느새 등장인물에 빠져들어 읽고 있었다. 재미있네!(응?) 만화 보는 게 일이라니… 이거 너무 행복하잖아?

좋아하니까 잘하고 싶어

그때부터였다. 출근이 기다려지고 퇴근이 아쉬워진 것은. 비단 만화를 보는 것뿐만 아니라 출간 홍보용 포스터의 문구를 작성하는 것부터 홍보용 이벤트 기획과 포스터 디자인 구상 등 마케팅과 기획 관련 업무도 담당했다. 내가 기획한 대로 반영된 결과물을 보는 기뿜과 보람이 컸다.

중국 웹툰의 수입을 담당했기에 국내 독자들이 좋아할 만한 작품을 찾아보는 업무를 중점적으로 했다. 이를 위해 국내 웹툰 시장의 현황 조사와 독자들의 반응을 살펴보며 나름의 기준을 세웠다. 그림체가 예쁜 현대 로맨스물, 그러면서도 막장으로 치닫는 전개가 아닐 것, 이미 많이 소비된 '대표님'과 '뱀파이어' 소재는 피하기. 이런 기준으로 중국의 몇십 개 웹툰 플랫폼에서 몇천 개의 웹툰을 살펴보며 눈에 띄는 작품을 찾고 해당 작가 혹은 플랫폼에 제안 메일을 보냈다.

한 번은 너무 바빠서 새로운 웹툰 발굴이 늦어질 때가 있었다. 그때 팀장님이 했던 말이 인상적이라 잊히지 않는다.

"요새 웹툰 안 봐요? 많이 봐야죠!"

"네?"

회사에서 웹툰 안 본다고 한 소리를 듣다니. 너무 새롭잖아? 웹툰을 보면서 돈을 벌다니⋯. 이렇게 행복할 수가.

좋아하던 웹툰을 보며 돈을 버는 일. 좋아하니까 잘하고 싶었다. 부족한 중국어도 매주 두 번의 전화 과외, 한 번의 대면 과외, 다섯 번의 카톡 과외, 출근할 때는 중국어 라디오를 들으며 실력을 늘리려 부단히 노력했다. 일이 재미있어서, 그리고 노력한 만큼 결과가 좋게 나오는 게 보람차니 더 욕심 내게 되고 자발적으로 야근하며 주말에는 월요일을 기다렸다. 이런 나를 보며 첫 회사 생활이 힘들지 않을까, 피곤하지 않을까 걱정하던 부모님은 황당한 표정으로 되묻곤 했다.

"뭐? 회사가 재미있다고? 출근하고 싶다고?"

그렇게 웹툰의 발굴부터 수입, 정산과 수출까지 일련의 과정을 다 경험해 볼 때쯤 어느덧 1년 차가 되었다. 여러 업무를 다 해보니 익숙해져도 어렵고 힘든 일도 있고, 익숙하지 않아도 설레고 잘하는 일이 있음을 깨달았다. A부터 Z까지 다 해야 하는 상황이었기에 좋아하고 잘하는 업무만 집중적으로 해보며 성장하고 싶은 마음도 생겼다.

무엇보다 이제는 중국 웹툰이 아닌 국내 웹툰을 발

굴하고 플랫폼을 통해 더 많은 이에게 좋은 작품을 선보이고 싶었다. 플랫폼에서 직접 작품을 발굴하여 노출이 잘 되는 배너와 이벤트로 담당 작품을 홍보하고 싶었다(실제로 노출이 안 되어 조회 수와 매출이 적은 경우도 많다).

1년간 일하면서 웹툰 업계가 나와 잘 맞는다는 걸 알았고, 잘하는 것과 앞으로 하고 싶은 일이 무엇인지 깨달았다. 그래서 새로운 도전을 하기로 결심했다.

만화 출판사에 입사한 지 1주년, 무작정 퇴사했다. 모두가 말렸지만 나는 꿈이 정해졌고, 쉬고 싶었고, 잠시 쉬고 남은 직장인으로서의 레이스를 잘 달려보고 싶었다. 좋아하는 일을 잘하고 싶은 마음에, 그땐 몰랐다. 1년이나 쉬게 될 줄은.

웹툰 PD로 출근합니다

"아저씨, 이 만화책 다음 권 아직 안 나왔어요?"

학교가 끝나면 매일 들렀던 만화방. 혹시 좋아하는 만화책의 다음 권이 나왔을까 두근거리며 살펴보았지만 역시나 없다. 다음 내용을 얼른 보고 싶은 마음에 애가 탄다. '출판사에 다니는 사람은 얼마나 좋을까? 다음 내용을 벌써 알고 있겠지?'라는 생각을 하던 초등학생은 보고 싶은 웹툰의 미리보기에 몇만 원을 쓰는 멋진 직장인이 되었다.

어릴 적부터 학교에서 장래 희망을 물어보면 화가, 만화가, 외교관, 작가 등 그때의 관심사에 따라 쉽게 답할 수 있었다. 그런데 막상 취업하려고 보니 직업이 너무나도 많아 내가 가야 할 길을 정하기가 어려웠다. 서류 접수는커녕 내가 어떤 직군과 직업을 택해야 할지조차 감이 잡히지 않았다. 취업 준비도 처음이라 우선 남들이 하는 대로 토익 공부를 하고 대기업 공채 공고를 알아보는 등 한 발짝, 한 발짝 준비해 나갔다. 그러다 문득 '이게 맞나?' 싶은 생각이 들었다.

남들처럼이 아닌 정작 내가 하고 싶은 일은 무엇일까? 몇십 년간 해야 할 일일 텐데, 재미있고 질리지 않는 일을 하고 싶어! 그렇다면, 누가 시키지 않아도 스스로 꾸준히 하고 있는 일을 하면 되지 않을까?

이런 생각의 흐름 끝에 스스로 답을 발견할 수 있었다. 어릴 때부터 꾸준히 해왔던 일은 바로 만화를 찾아보는 것이었다. 이렇게 방향이 좁혀지니, 채용 사이트에 '만화', '웹툰' 키워드로 검색한 끝에 웹툰의 길로 들어설 수 있었다. 만화책으로 가득 찬 사무실에서 웹툰을 보며 월급을 받는 일이 있다니, 정말 꿈만 같았다.

직장 생활의 힘듦을 이야기하는 친구들 앞에서 절로 입을 꾹 다물 수밖에 없을 정도로, 내게 웹툰 PD라는 일과 회사는 너무 좋고 재미있었다.

웹툰 PD라는 직업은 얼마나 좋은가. 좋아하는 작가님의 작품을 미리 보고, 완성에 기여하는 일이라니! 만화 출판사에서 중국 웹툰의 수입과 국내 웹툰의 수출을 담당했지만, 이미 다 만들어진 작품의 현지화와 플랫폼과의 계약만 돕는 역할이었다. 이 경우 표지부터 내용까지 어느 것 하나 변경하기 어려웠다. 최대한 원작을 살리며 국내에서 유효한 수정 의견을 피력하기가 어려워 아쉬울 때가 많았다. 그래서 작품의 시작 단계부터 함께하면 얼마나 좋을까 하는 생각에 자연스레 웹툰 PD라는 직업을 꿈꿨다.

퇴사 후 쉬는 동안 캐릭터 제작 강의를 수강하고, 유학 일기를 담은 웹툰을 도전 만화에 올리기도 하고, 캐릭터로 굿즈를 만들어 판매해 보며 나만의 포트폴리오를 만들었다. 관심 있는 웹툰 플랫폼의 공고가 뜨지 않아 작가로라도 웹툰의 길을 걷고 싶은 마음에 작품 투고도 하면서 1년을 채우니, 거짓말처럼 가장 원하던 플랫폼의 웹툰 PD가 되었다.

안녕하세요, 웹툰 PD 산타입니다

"환영해요, 산타님! 우리 함께 웹툰길만 걸어요~"

웹툰 PD로 처음 회사에 데뷔하던 날. 여러 환영 인사 중 가장 인상적인 말이었다. '웹툰길'이라니, 너무 재미있겠잖아! 첫 출근날 밝게 인사해 주는 동료들과 그 뒤에 보이는 만화책으로 가득한 책장과 캐릭터 인형, 키링 등의 굿즈들. 자기소개 시간에 어떤 웹툰을 좋아하는지 한참을 떠들며 즐겁게 공감할 수 있는 환경이 미래를 더 기대하게 만들었고, 그 기대는 옳았다.

월요일이 기다려지는 이유

월요병月曜病: 월요일 아침에 특히나 피곤한 상태를 말한다. 주말에 쉬고 월요일에 다시 출근, 등교를 하는 직장인들과 학생들에게 주로 나타난다.

월요병… 내게는 없다! 알람이 울리면, 나도 모르게 눈이 번쩍 떠진다. 오늘은 바로 월요일, 출근하는 날이다! 월요일 출근 시간에 맞춰 새 원고를 보내주는 작가님*들이 있는데, 그래서 얼른 보고 싶은 마음에 월요일이 기다려지고 출근길이 설렌다.

웹툰 작가. 업계에서는 흔히 '작가님'이라고 부른다.

사원증을 찍고 사무실 문을 열면 바로 보이는 캐릭터 인형들과 굿즈 그리고 양 벽면에 만화책들 사이를 걸으면, 마치 만화 속으로 출근하는 것 같다.

내가 좋아해서 연락한 후에 미팅하고 계약한 작품이기에, 매주 월요일 내게 가장 먼저 보여주는 이 원고가 너무 기다려지고 설렌다. 그래서 월요일이 기다려지는 건 물론, 월요일 아침에는 눈이 번쩍 떠진다. 얼른 노트북 앞에 앉아 두근거리는 마음으로 작가님이 보내준 원고를 열어보며 바로바로 좋았던 부분을 캡처하고 감상평을 적어 내려간다. 의견을 주고받을 부분이 있다면 내가 할 역할이 있어서 다행이라 생각하고, 피드백이 없을 때는 그 완벽함에 감탄사를 담아 메일을 보내곤 한다.

작가님들의 원고를 가장 먼저 보고, 이번 원고도 정말 좋았다고, 작업하느라 고생 많으셨다는 응원과 격려의 말을 보낼 수 있는 일. 작품에 대한 작가님의 고민에 머리를 함께 맞댈 수 있는 직업. 독자들의 반응을 매화 살펴보고 인상 깊은 댓글과 애독자 엽서를 작가님께 선물할 수 있는 웹툰 PD라는 직업이 참 좋다.

웹툰 보러, 함께 이야기하러 출근합니다

무엇보다 모니터를 통해 웹툰을 크게 띄워놓고 회사에서 당당히 웹툰을 보는 그 짜릿한 기분은, 이루 말할 수 없다! 언젠가는 사장님이 외국 손님들에게 회사를 소개해 주던 중, 웹툰으로 가득 찬 내 모니터가 보였는지 "디스 이스 웹툰팀~"이라고 설명한 적도 있었다. 회사에서 웹툰 보면서 돈까지 벌 수 있는 직업, 참 매력적이지 않은가!

웹툰 보는 일이 아무리 즐거워도 혼자라면 그 재미가 덜하다. 그러나 회사에 오면 내 관심사인 웹툰을 직

33

업으로 삼은 동료들이 가득하다. 모이면 웹툰 이야기로 스몰토크부터 워크숍까지 거뜬히 가능한 이들과 함께라면 일하는 게 아닌 놀이처럼 느껴질 정도로 즐겁고 시간이 금방 지나간다.

웹툰 플랫폼에 다니는 우리이기에, 유명 애니메이션이 개봉하면 함께 보러 가고 일러스트레이션페어와 전시회를 함께 보러 가기도 한다. 비단 직장 동료뿐 아니라 작가님들과의 미팅을 통해서도 웹툰 이야기를 잔뜩 할 수 있다. 작가님과 웹툰 이야기를 하러 대전부터 부산까지 먼 거리를 찾아가는 길에도 힘들다는 생각보다는, 어떤 이야기를 나눌지 기대되고 설레는 마음이 앞선다.

좋아하는 웹툰을 마음껏 보고 마음껏 이야기 나눌 수 있는 직업. 그래서인지 일하러 가는 길인데 마치 놀러 가는 것처럼 즐겁고 기쁘다. 종일 웹툰 이야기(라고 쓰고 회의라고 읽는다)를 하고 올 수 있는 직업이기에 출근이 기다려질 수밖에 없다. 내일은 또 어떤 이야기를 나눌까 기대하며 출근을 기다려본다.

웹툰 PD의 하루

새로운 사람을 만나면 으레 하게 되는 자기소개. 경찰, 교사, 작가, 은행원 등 다양한 직업의 사람들이 있다. 다른 직업은 설명 없이 바로 이해하는 반면, 내 차례에서는 어김없이 듣게 되는 이 질문.

"웹툰 PD는 어떤 일을 해요?"

"인터넷에서 재미있는 웹툰을 찾고, 작가님께 제안 메일을 보내요. 미팅부터 계약, 연재, 완결까지 웹툰이 무사히 마무리될 수 있도록 모든 과정을 함께하는 일을 하고 있어요."

말을 독점할까 싶어 늘 이렇게 업무 위주로 간결하게 답하지만, 웹툰 PD라는 직업을 소개할 기회가 있다면, 몇 시간이고 말해줄 수 있을 정도로 꽤나 매력적인 직업이다.

작품에 의한, 작품을 위한, 웹툰 PD의 하루는 이러하다!

오전 9시, 편집자 모드로 전환

오전에는 편집자로 업무를 시작한다. 출근하면 가장 먼저 하는 일은 노트북을 켜서 스티커 메모장에 오늘 할 일을 시간 순서대로 나열하는 것이다. 일정을 오전과 오후로 나누고 우선순위별로 나열하고, 스스로 정한 마감 시간도 함께 적는다. 그러면 오늘의 일정표 작성 완료!

이제 새로운 메일이 있는지 확인해 볼까? 회사마다 상황에 따라 다르겠지만, 내가 다니는 회사는 적게는 10개부터 많게는 30개의 웹툰을 한 명의 PD가 담당한다. 그래서 메일함에는 작가님들이 보내온 시놉시스부터 콘티, 채색본까지 여러 단계를 공유하는 메일이 날마다 가득 쌓인다.

당장 오늘 연재가 되어야 하는 작품부터 빠르게 답장을 해야 작가님이 조금이라도 작업 시간을 확보할 수 있다. 마음이 바빠질수록 눈은 커지고 손가락은 쉴 새 없이 움직이는 고도의 집중력을 발휘하게 된다.

마감 시간을 앞둔 PD에게 불가능이란 없다. 듀얼 모니터가 아님에도 모니터 화면 왼쪽에는 메일 창을 띄우고, 오른쪽에는 맞춤법 검사기 창을 띄워놓는다. 의심 가는 오탈자와 띄어쓰기는 바로바로 확인하고, 교정이 필요한 컷을 캡처해서 메일 창에 붙여 넣는다.

원고를 살펴보며 글자뿐 아니라, 웹툰인 만큼 혹시 색이 누락된 컷은 없는지, 주인공의 옷 무늬부터 액세서리가 누락된 컷은 없는지, 손 모양이 어색하지는 않은지, 손가락 개수가 맞는지까지 확인해 본다. 그간의 경험들이 누적되어 만들어진 나만의 체크리스트를 바탕으로 고도의 집중력으로 발휘된 매의 눈으로 확인하면 끝.

오전 10시 30분, 편집부 회의 참석

매주 목요일, 편집부는 각자 찾은 새로운 작품과 연재 문의 메일로 인입된 투고 원고를 살펴보며 진행 여부를 검토하는 회의를 한다. 그뿐만 아니라 계약한 작품의 1화를 함께 보며 각기 다른 시선으로 독자에 빙의해 추가되거나 수정했으면 하는 의견을 주고받는다. 주 1회지만, 이 밀도 높은 회의 끝에 여러 기획전이 탄생했고, 재미있는 온·오프라인 행사도 기획했다.

오전 11시 30분, 작가님과 점심 식사

"저는 작가님과 완결 미팅이 있어서 점심을 따로 먹을게요!"

작가님들과는 계약 전 첫 미팅 때 한 번, 완결 후 마지막 미팅 때 한 번, 약 두 번의 대면 미팅을 진행하곤 한다. 약 1년이 넘는 기간 동안 론칭부터 완결까지 매주 연재를 무사 완주한 작가님께 비싸고 맛있는 밥 한 끼를 대접한다.

오늘 만나는 작가님과는 두 편의 작품을 함께한 사이다. 비록 만남의 횟수는 많지 않지만, 함께한 기간과 매주 피드백을 주고받아서인지 더욱 친근하게 느껴졌다. 미팅은 그간 잘 지냈는지 안부로 시작해, 연재 중 좋았던 순간과 고충을 듣고 앞으로 작가님께서 어떤 작품을 하고 싶은지 물으며 마무리하는 식이다.

내가 미팅을 하면서 늘 하는 질문은 연재하면서 아쉬었던 점과 좋았던 점이다. 아쉬운 점을 개선하기 위해, 좋았던 점은 더 좋게 하기 위해 묻는다. 이렇게 습관처럼 던진 질문에 예상치 못한 대답이 내 마음에 꽂혔다.

"PD님이 제 담당자여서 좋았어요. 다음에도 연재하게 되면 제 PD님이 되어주세요."

오후 1시 30분, 기획자 모드로 전환

웹툰 PD가 어떤 사람인지 물으신다면… 한마디로 말해 웹툰과 관련된 회의에는 다 참석하는 사람을 일컫는다고 답할 수 있다.

회의실에 도착하니 반짝이는 눈으로 나를 맞이하는 디자이너와 마케터가 보인다. 우리 플랫폼은 10대 독자가 많아서 방학 시기에 맞춰 독자들의 매일 접속을 유도하기 위한 기획전을 준비한다. 이를 위해 기존 매주 1~2회 주기에 맞게 올라가는 평소의 연재 형식과는 달리, 방학 기간에는 매일 연재될 수 있도록 기획하려 한다.

웹툰 PD는 편집자도 되었다가, 마케터도 되었다가 PM*이 되기도 한다. 가장 어려운 일은 기획전 PM으로 타 파트의 동료들과 몇 개월 동안 같은 프로젝트를 하는 것이다. 보

프로젝트 매니저. 한 프로젝트의 담당자로 프로젝트의 모든 일을 조율한다.

통은 나와 작가님, 이렇게 1대 1로 소통하는 업무가 많아서 서로의 의견만 조율하면 되는데 기획전은 PD, 마케터, 디자이너, 작가님까지 모두의 일정과 의견을 취합하여 한정된 기간 안에 차질 없이 진행해야 하기 때문이다. 이를 위해 먼저 컨셉 논의를 끝낸 후, 오늘 회의를 통해 그 내용을 디자이너와 마케터에게 설명하고 일정에 맞춰 각 역할을 분담하려 모였다.

"오! 재미있겠는데요? 이건 이렇게 더해보면 어떨까요?"라며 회의가 수월하게 진행될 때도 있지만 각자 직군에서 바라보는 이 기획전의 의미와 목표가 있기에, 접근 방식이나 추구하는 방향이 나와 다를 때가 있다. 서로 의견이 다를 때 한정된 시간 가운데 설득하고 조율하고 최선의 결론을 내리기까지의 과정은 늘 어렵다. 모든 직업군이 그렇겠지만, 커뮤니케이션을 매일 해야 하는 직군으로서 모두가 상처받지 않으면서도 만족스러운 결과물이 나오려면, 명확한 방향성을 지닌 채 다정하고 친절하게 해야 한다. 그래서 상대 의견의 배경을 살피고 귀 기울이고, 내 의견도 피력하다 보면, 서로가 원하는 바를 취합할 수 있는 방향으로 좁혀지고, 결국 모두가 동의할 수 있는 답이 보이곤 한다.

'휴~ 이번 회의도 무사히 끝났다!'

다양한 의견을 취합하기 위해 치열하게 토론하고 나면 안도와 한숨과 기운이 쏙 빠지는 한숨이 겹쳐 나온다. 이런 과정은 힘들지만 결국 더 완성도 있는 결과물이 되기 때문에 함께하는 동료들이 있음에 감사하다. 그래서 치열하게 일하고 다정하게 응원한다. 서로의 말을 오해 없이 듣기 위해 평소 관계를 잘 쌓아두고, 여러 의견을 터놓는 자리들을 많이 만들기도 하면서.

오후 3시, 새로운 작품을 찾아 삼만리

웹툰 PD로서 빼놓을 수 없는 업무. 바로 새로운 작품을 찾는 일이다. 플랫폼에서는 매월 새로운 작품을 선보이고자 월별 론칭 계획을 세우는데, 계획된 월별 작품 수를 채우기 위해서는 부지런히 작품을 찾아야 한다. 언제 어디서 좋은 작품이 나타날지 모르기에 오늘도 눈에 불을 켜고 스크롤을 내린다.

'어디 좋은 작품 없나?'

여기서 좋은 작품이란 우리 플랫폼 독자들이 좋아할 만한 장르와 그림체를 가졌고, 같은 장르의 유사 작품들과 비교했을 때 이 작품만의 개성과 매력이 있어야 한다. 무엇보다 담당 PD가 될 내가 정말 좋아하고 열정적으로 임할 수 있는 작품이어야 한다. 눈에 띄는 섬네일을 발견하면 혹시나 하는 마음으로 두근거리며 원고를 확인한다. 두근.

'혹시 내가 찾던 작품이 바로 이 작품이려나?'

그러다 운명적인 작품을 찾으면 입을 막고 가슴을 진정시키기에 바쁘다. 무미건조했던 눈빛에는 생기가 돌고 평안했던 심장이 빠르게 쿵쾅대며, '나 여기 있다'며 살아 있음을 증명한다. 이 마음 그대로 담아내기 위해 연애편지를 쓰듯, 작가님께 미팅 요청 메일을 한 자, 한 자 적어 보낸다.

심장을 뛰게 만드는 작품을 만나기가 쉽지 않기에 가끔은 습관적으로 스크롤을 내리며 무미건조하게 찾곤 한다. 그럼에도 이렇게 설렘을 느끼게 되는 순간을 위해 매일 작품을 찾아 나선다. 오늘은 또 어떤 작품이 올라왔으려나? 다시금 모험을 시작한다.

오후 4시, 마케터 모드로 전환

띠링 ♬

PD님, 론칭 일러스트 3종 전달드립니다.

론칭까지 단 한 달 남은 작가님으로부터 온 메일.

작품의 컨셉이 잘 보이고, 주인공들의 매력을 한껏 드러낸 구성과 포즈의 일러스트를 보내주셨다. 이 중 메인으로 보여줄 일러스트를 정하고, 요일별 목차에 작게 보여질 일러스트와 작품 페이지 상단에 보여질 가로형 일러스트를 함께 정한다.

일러스트 중 가장 작품의 매력이 잘 드러나서 눌러보고 싶은 것을 메인 일러스트로, 인물들의 표정과 포즈 등이 잘 드러나서 작게 봐도 작품을 잘 보여주는 일러스트를 요일별 목록에 배치할 정방향 섬네일로, 일러스트를 가로형으로 잘랐을 때 어색함이 없는 그림을 작품 페이지 상단 일러스트로 지정한다.

이제 내가 할 일은 일러스트 구역에 맞춘 문구 3종 작성하기. 크게 보일 메인 일러스트 아래에 한 줄로 소개할 작품 로그라인*과 요일별 섬네일에 들어갈 한 줄 설명글, 그리

고 작품 페이

* 작품의 줄거리를 한 줄로 요약한 것이다.

지에 소개될 긴 줄거리까지. 각기 다른 결과 내용의 문구 3종을 작성 후, 마케터의 확인을 거쳐 디자이너에게 자료를 전달한다. 이렇게 하면 론칭 준비가 완료된다.

오후 5시, 퇴근은 언제?

배에서 꼬르륵 대던 소리와 감각이 더 이상 느껴지지 않을 때. 이때가 바로 퇴근이 필요한 때다. 웹툰으로 시작해서 웹툰으로 마무리되는, 종일 웹툰으로만 머리를 쓰고 말하고 적었던 하루를 마무리해 본다. 이렇게 피곤하고 지칠 때, 내게 주는 선물은 바로 애독자 엽서. 앱을 통해 작품과 플랫폼에 애독자 엽서를 보낼 수 있는데, 매일 독자들이 보내준 애독자 엽서를 보면 하루의 피로가 싹 풀린다. 순수하기도, 감동적이기도 한 진심이 가득 담긴 그 엽서들을 읽다 보면 이 일을 하기 참 잘했다는 생각이 든다.

나만 보기 아까운, 울림을 준 엽서들을 모아 모아 동료들에게도 담당 작가님들께도 선물로 보내곤 한다. '오늘 하루도 고생했어요! 이 엽서를 보고 힘내요'라는 말과 함께.

웹툰 PD의 하루 끝! 이제 그만 퇴근해 보겠습니다!

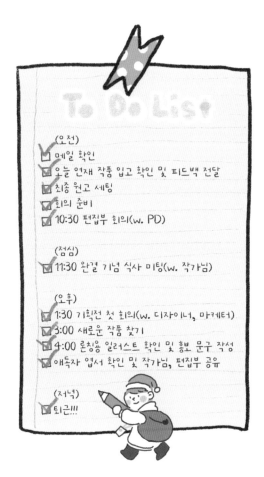

To Do List

☑ (오전)
☑ 메일 확인
☑ 오늘 연재 작품 입고 확인 및 피드백 전달
☑ 최종 원고 세팅
☑ 회의 준비
☑ 10:30 편집부 회의(w. PD)

☑ (점심)
☑ 11:30 완결 기념 식사 미팅(w. 작가님)

☑ (오후)
☑ 1:30 기획전 첫 회의(w. 디자이너, 마케터)
☑ 3:00 새로운 작품 찾기
☑ 4:00 론칭용 일러스트 확인 및 홍보 문구 작성
☑ 애독자 엽서 확인 및 작가님, 편집부 공유

☑ (저녁)
☑ 퇴근!!!

2장

출근이 기다려지고 퇴근이
아쉬운 직장인이 있다?

만화로 돈 버는 사람들을
소개합니다

　만화를 좋아하면 단순히 만화가라는 직업만 생각하는 사람들이 많을 것이다. 나 역시도 그랬으니까! 만화를 좋아해서 꿈이 만화가였으나, 나보다 잘 그리는 친구와 선배들을 보고 만화가로는 내가 성공하기 어렵겠다는 생각에 꿈을 접었었다. 그 후 돌고 돌아 결국 다시 웹툰길을 걷고 있지만 말이다.

　직장인이 되어보니, 만화를 좋아할 때 할 수 있는 일이 생각보다 많다. 비단 만화가뿐 아니라 작가님이 그린 만화를 직접 편집하고, 교정하고, 표지를 디자인하고, 출간하고, 이벤트를 하고, 서점에 영업하는 일까지. 한 권의 만화책이 나오기까지 여러 명의 노력이 필요하다는 것을 알게 되었다. 그래서 알려주고 싶었다. 만화를 좋아하는 이들 중, 그 애정만큼의 그림 실력이 없다고 해도 절망하지 않아도 됨을, 만화라는 관심사를 가지고 각기 다른 직군에서 일할 수 있다는 사실을.

우선 웹툰 PD 주변을 바라보자면, 내가 속한 플랫폼은 콘텐츠, 디자인, 마케팅, 서비스, 개발, 사업 이렇게 6개의 조직으로 구성되어 있다.

콘텐츠파트: 독자님들과 작가님께는 '편집부'라고도 불리며, 웹툰 PD들이 속한 조직. 플랫폼에 연재할 새로운 작품을 찾고 완결까지 함께하며 플랫폼과 작가님과의 연결고리 역할(덕력과 커뮤니케이션 능력이 필요).

디자인파트: 신작 홍보용 디자인과 각종 이벤트 등 작품과 서비스를 알리는 모든 디자인을 담당하는 역할(포토샵, 일러스트, 피그마와 같은 툴 활용 능력 필요).

마케팅파트: 인스타그램, 블로그, 유튜브와 같은 SNS 운영부터, 온·오프라인 이벤트를 담당하고 홍보 콘텐츠를 만드는 역할(홍보·기획 능력과 영상 툴과 만다오 활용 능력 필요).

만화에 진심인 사람들

콘텐츠파트
작품 좋은데 연락해볼까요?

디자인파트
디자인으로 마법을 부려봅시다!

마케팅파트
영상부터 SNS 운영까지 다 합니다.

서비스파트
이 기획 개발 가능할까요?

개발파트
개발자 알 금지어: 잇, 어?

사업파트
이 작품은 영상화, 수출하기 좋겠어요!

서비스파트: 플랫폼 앱과 웹의 UX/UI 디자인부터 고객 문의 답변, 검색 서비스와 작품 추천 기능까지 서비스 편리성을 고민하는 역할(서비스에 대한 개선 시선과 개발 관련 소통 능력 필요).

개발파트: 아이폰부터 안드로이드폰, 그리고 웹페이지 까지 서비스의 모든 부분을 소프트웨어 프로그램으로 구현해 내는 역할(개발 관련 아이디어 및 여러 문제 해결 능력 필요).

사업파트: 웹툰의 다각화를 위해 굿즈와 영상화 그리고 수출까지 여러 기회를 만들어내는 역할(지표 확인용 제플린과 숫자적 감각과 커뮤니케이션 능력 필요).

이렇게 각기 다른 직군이지만, '웹툰'이라는 공통 분모를 가지고 함께 일한다.

먼저 콘텐츠파트 PD들은 플랫폼의 독자들에게 선 보일 새로운 재미를 가진 작품들을 찾고 계약한다. 그럼, 디자인파트 디자이너들이 웹툰의 홍보용 표지 와 배너를 디자인한다. 그 후 마케팅파트 마케터들이 SNS 홍보용 콘텐츠들을 기획하여 제작한다. 서비스파트 기획자들은 새로운 작품들까지 그리고 장르별로 잘 묶여서 노출되고 추천될 수 있도록 세팅해 둔다. 마케터가 기획하고 기획자가 서비스 방식을 정리한 론칭 이벤트를 개발파트의 개발자들이 잘 구현될 수 있도록 코드를 입력하여 만든다. 이렇게 론칭한 작품을 사업파트 IP 매니저*들이 작품과 잘 어울릴 2차 저작물로

웹툰의 영상화, 굿즈화,
수출화 등의 다각화를 담당한다.

만들 기회들을 구상하고 실현해 낸다.

웹툰이란 관심사로 만나게 된 우리는 이렇게 하나의 웹툰을 발굴하기부터 홍보물 디자인과 이벤트 기획과 작품 추천 서비스, 그리고 개발과 사업화까지 이어지는 릴레이 경주를 통해 함께 달리고 있다.

웹툰 발굴부터 연재,
완결까지 함께 달려요!

    웹툰 PD를 설명할 때 종종 러닝메이트로 비유하곤 한다. 웹툰의 시작부터 끝까지의 과정을 작가님과 이인삼각 경기를 하듯 파트너로 함께 달리기 때문이다. 그래서인지 작가님께 계약서를 드리며 늘 하는 말이 있다.

    "론칭 준비부터 완결까지 옆에서 함께하겠습니다. 지치지 않고 건강하고 행복하게 같이 달려요!"

웹툰 발굴부터 미팅까지:

약 한 달부터 최대 1년까지의 기간 소요

웹툰 앱을 켜보면 플랫폼마다 각자의 분위기가 느껴진다. 화려하고 쨍한 색감의 그림체로 로맨스와 판타지 장르의 작품이 주로 보이는 곳, 액션 무협 장르로 남성 독자들의 눈길을 사로잡는 작품이 가득한 곳, 화려하진 않지만 차분한 색감과 단정한 선, 안정적인 그림체로 스토리 흡입력이 좋은 드라마 같은 작품이 많은 곳, 파스텔톤의 색감과 부드러운 선의 그림체를 가진 귀엽고 따뜻한 작품이 많은 곳 등.

각 플랫폼별로 주력한 작품들이 있는 만큼, 플랫폼의 PD는 자신이 속한 플랫폼의 독자들이 좋아할 작품 위주로 신작을 찾아본다. 여기에 PD가 평소에 좋아해서 더 잘 서포트할 수 있는 장르라면 금상첨화! 그러나 이로 인해 비슷한 장르, 소재, 타깃층의 작품들이 많이 계약되기도 한다. 그래서 오히려 기존 독자에게 새로움을 주면서 너무 결이 다르지 않은 장르나 소재의 작품 역시 환영한다.

이런 기준을 바탕으로 매주 얼마간의 시간을 정해 두고 도전 만화부터 인스타그램, 전공생들의 온라인 졸업 전시회 등을 돌아다니며 찾는다. 그중 눈길을 사로잡고 안정적인 작화와 스토리를 가진 작가를 발견한다면, 주저 없이 메일을 보낸다.

안녕하세요, 작가님! 메일로 처음 인사드립니다. 저는 웹툰 PD 산타입니다.

작가님의 긍정적인 답장을 받으면 대면 미팅을 잡아, 서로를 알아가는 자리를 마련한다. 이 미팅을 통해 작품의 어떤 점이 좋아서 작가님께 연락하게 되었는지 이야기를 건네고, 작가님으로부터 작품을 만들기까지 어떤 과정을 거치며 작업했는지를 전해 듣는다. 우리 플랫폼의 분위기와 장점에 관해서 설명하며 서로에 대해 궁금했던 부분을 알아가는 시간이다.

계약부터 론칭까지:

최소 4개월부터 약 6개월 소요

　내 마음에 든다고 해서 바로 계약할 수는 없다. PD도 한낱 직장인에 불과하기 때문에. 그래서 미팅 후 작가님께 계약서를 전달해 드리려면 우선 내부 보고를 통과해야 한다. 이를 위해 편집부(PD들로만 구성된 곳)에도 미팅 내용을 공유하며 이견이 있는지를 확인한다. 우려 사항이 있다면 그 역시도 PD가 해결 방향을 고민하는 과정이 필요하기에. 좋다는 의견이 있다면 왜 좋은지 의견을 듣고 내용을 모두 취합하여 이 작품의 강점을 잡아보는 소스로 활용한다.

　편집부의 의견이 일치한다면? 부장님 보고로 넘어가자! 부장님은 편집부와 달리 해당 작품에 대한 사전 정보가 없기에, 작품의 장르, 줄거리, 총 화수, 강점, 예상 독자, 인기도 등을 텍스트로 정리하는 작업이 필요하다. 그리고 작품의 매력이 잘 담긴 원고 컷 혹은 포스터나 캐릭터 시트 등을 함께 동봉하면 보고 준비 완료!

　이 작품을 담당하게 될 PD의 확신을 글과 그림으

로 풀어내어 한 통의 메일로 부장님의 확신도 끌어내는 것이 오늘의 목표. 부장님의 OK 사인이 떨어지면, 기쁜 마음으로 작가님께 계약서를 건네드린다.

계약 완료! 자, 이제부터 시작이다. 계약은 완료되었지만, 작품 론칭을 위해 세이브 원고 작업부터 독자들에게 첫인상으로 선택 여부를 결정할 일러스트 작업은 이제부터 시작인 것이다. 후후.

매주 연재에 익숙해져야 할 작가님을 위해 회차별 작업 기간을 점차 줄여나가는 일정으로 안내를 드리고, 이를 위해 우선 탄탄한 스토리라인을 구축하는 작업을 함께한다. 기승전결 구조로 작품의 전체 줄거리를 상세하게 구분하여 적어보고, 이를 화별 한 줄 설명 글로 쪼개는 작업이 진행된다. 원고 작업 시작 전, 스토리를 완성해 놓으면 매주 연재 때 스토리를 고민하는 시간이 줄어들고 이 자료를 이정표 삼아 차례대로 가면 되기에 작가님들이 처음에는 힘들어하지만, 연재 중에는 미리 해놓길 잘했다고 생각하는 작업이다.

여기서 PD의 역할은? 작품의 스토리 전개가 너무 진부하지 않은지, 혹은 세부 사건 없이 급하게 결말이 나지는 않았는지, 독자가 이입할 수 있는 요소가 적지는 않은지, 작품의 매력이 덜 보이지는 않는지 등 여러 요소에서 추가하거나 수정할 방향을 고민하고 의견을 전달하는 역할을 한다.

이런 일련의 과정이 반복되면 이제 론칭일을 확정하고 세이브 원고를 쌓으며 작업 기간을 줄여나가는 연습을 함께한다.

연재부터 완결까지:

몇 개월부터 몇 년까지 작품별로 다른 기간 소요

드디어 디데이. 그동안 공들여 닦고 빛나게 한 작품이 플랫폼에 데뷔했다! 작가님께 고생하셨다는 말과 함께 축하 연락을 드리며, PD인 나 역시 두근두근한 마음으로 독자들의 반응을 확인한다. 작품의 찜 수부터 좋아요 수, 댓글 수, 그리고 예상한 반응이 나타나는지 모든 게 다 궁금하니까.

좋으면서도 아쉬운 부분은 보통 신작의 경우, '신작 빨'이라고 하며 마치 개업한 가게 앞이 문전성시인 것처럼 새로운 작품에 대한 호기심으로 독자가 유입되고 다음 주부터는 평소 자기가 보던 기존 작품만 본다는 사실이다.

그래서 혹시 마케터들이 기념일이나 시즌을 맞이하여 SNS 게시물이나 기획전 페이지에 홍보하기 좋은 작품이 없냐고 물으면, 담당 작품 중 어울리는 작품으로 추천한다. 그리고 작가님의 SNS 활동 역시 적극적으로 응원한다. SNS를 어려워하는 작가님들께는 예시를 공유하고, 어떤 식으로 하면 작품의 유입률이 높을지를 등 함께 고민한다.

연재 중반이 되면 작가님들 사이에 유행하는 병이 있는데, 바로 '내 작품 재미없어'병이다. 혼자 작업하며 매주 연재를 반복하다 보니, 지치기도 하고 이게 맞나 싶은 생각이 들어 자신감이 떨어지거나 걱정이 늘어나곤 한다. 그리고 이야기 소재가 바닥나 작업에 진도가 나지 않는 작가님, 지쳐서 작업 속도가 느려지고 일상의 기쁨이 사라진 듯한 번아웃이 온 작가님 등.

각기 다른 케이스지만 이 모든 걸 PD는 세심하게 알아차리고 더 심해지기 전에 작가님을 케어해야 한다. 작업 속도가 계속 느려지고 힘들어하는 작가님이나 혹은 전화가 가능한지 연락이 오는 작가님께는 바로 전화를 걸어 안부를 묻는다.

"작가님 요새 괜찮으세요? 혹시 힘든 부분이 있나요? 제가 달려갈게요. 만나요, 저희!"

이렇게 독려하고 무사히 완결까지 완주한다면, 작가님과 PD의 이인삼각 경기도 끝! 작가님은 마지막 화 원고를 내게 보내줄 때, 나는 해당 원고가 제시간에 올라가도록 내부 프로그램에 세팅할 때, 비로소 마지막이 실감 난다.

서로 함께한 기간이 보통 1년 남짓으로 짧지 않은 만큼, 누가 시키지 않아도 마지막 화를 주고받는 메일 속 서로에게 감사 편지를 담아 보내곤 한다. '작가님과 작업하며 이런 점이 좋았고 인상 깊었다고, 이런 좋은 작품을 만들어주고 저와 독자님들에게도 매주 즐거움을 선물해 주서서 감사했다고. 앞으로의 작가님의 행보도 기대하고 응원하겠다'라고 말이다.

　또한 작가님들과 매주 연재를 위한 레이스는 끝났지만, 앞으로도 많은 독자가 작품을 보고 즐길 수 있도록 잘 홍보하겠노라는 다짐의 말도 곁들이곤 한다. 작가님은 메일이나 후기 원고로 PD에게 감사 인사를 전하곤 하는데, 처음 땡스 투란에 내 이름이 적혔을 때의 놀라움과 기쁨이 아직도 생생하다. 이렇게 온라인으로도 작별 인사를 하고 서로의 상황이 허락하면 완결 기념 식사를 통해 오프라인으로도 작별 인사를 하기도 한다. 그간 수고했다며, 잘 쉬고 다시 또 만날 날을 기약하자며 안녕을 고한다. 안녕은 헤어짐뿐 아니라 새로운 시작의 의미도 있으니까.

　이렇게 PD는 작품의 시작부터 끝까지 함께 달린다. 최소 6개월에서 최대 N년까지 서로를 의지하며 응원과 힘이 되어주는 존재. 그게 바로 웹툰 PD와 작가의 관계라고 생각한다.

　자, 그럼 오늘도 달려볼까?

회의, 회의, 회의

한국직업사전에서는 웹툰 PD를 이렇게 말한다. "웹툰(Webtoon: 인터넷을 매개로 배포하는 만화) 콘텐츠의 발굴, 제작, 유통, 관리, 홍보, 서비스 제공, 저작권 관리 등 작품 프로듀싱의 제반 과정을 기획·관리하는 사람을 뜻한다." 즉, 웹툰 관련한 모든 부분을 관리해야 하는 사람이다. 그래서인지 웹툰 PD를 구하는 채용 공고에 빠지지 않고 적혀있는 조건이 있다. 바로 커뮤니케이션 능력!

처음에는 작가님과의 커뮤니케이션만을 의미하는 줄 알았으나, 입사해 보니 웹툰 PD는 작가님과의 소통뿐만 아닌 사내 디자이너, 마케터, 기획자, 개발자, IP

매니저, 회계 담당자 등 작품과 작가님을 위해 내부에서도 다양한 직군의 동료들과 끊임없이 소통해야 하는 사람이었다. 작가님과 회사를 잇는 연결고리와 같은 역할을 하기에, 양측에 오해 없이 서로의 말이 전달될 수 있도록 명확하게 소통하는 것이 중요하다.

웹툰 PD는 작품과 작가 소통이 필요한 모든 회의에 참석한다고 보면 된다. 그래서 가끔 회의만 하다 하루가 끝난 적도 있지만, 그럼에도 작품 이야기를 하는 자리에는 빠짐없이 달려간다. 그래야 목적에 어울리는 작품을 추천하고 작가님의 일정을 확인하여 더 빠르고 명확한 방향으로 논의할 수 있기 때문이다.

디자이너와의 회의

기획전을 준비할 때, 가장 먼저 디자이너에게 기획전의 목적과 컨셉, 참고용 자료 이미지를 정리한 기획서를 전달한다. 그 후 회의를 통해 나는 디자인이 필요한 부분들과 기한을 공유하고, 디자이너는 컨셉에 맞춰 생각해 본 디자인 방향을 예시 이미지들을 통해 보여준다. 이 회의를 통해 서로가 합의한 방향으로 컨셉과 디자인 방향을 구체화시킨 후, 각자의 역할을 분담하면 회의 끝!

오프라인 행사와 같이 대량으로 제작물 준비가 필요할 때 역시 행사의 기획이 나오자마자 디자이너에게 간단한 설명글과 함께 회의를 요청한다. 회의를 통해 원하는 분위기와 목적과 형식을 충분히 설명하여 서로 생각하는 방향의 결을 맞춘 후 디자인 작업이 들어갈 수 있도록 말이다.

마케터와의 회의

기존 팬이 많은 작가님의 경우, 마케팅파트에서 론칭 이벤트를 통해 더 많은 유입을 유도하자고 제안한다. 그러면, 마케터와 담당 PD가 회의를 통해 작품의 분위기와 내용과 어울리는 컨셉의 이벤트를 기획한다. 예를 들어 색깔별 정해진 성격과 직업에 맞춰 교육받고 자라가는 색깔사관학교가 배경인 〈레인보우 팔레트〉라는 작품은 MBTI와 〈해리포터〉 기숙사처럼 테스트를 통해 독자에게 어울리는 색깔 반을 배정해 주는 형식으로 기획했다. 이를 위해 디자인 컨셉부터 문항과 결과 페이지에 들어갈 캐릭터와 설명글까지 구상하는 식으로 말이다.

이 외에도 복날, 환경의 날 등 특정 시기에 맞추거나, 특별한 이벤트가 필요한 경우에도 다양한 기획전을 준비한다.

서비스 기획자와의 회의

플랫폼에 보이는 화면 구성 관련해서는 모두 다 기획자와 소통하면 된다. PD가 먼저 요청하지 않아도 서비스의 개선을 위해 추가되는 사항이 있다면 기획자가 PD들에게 회의를 통해 해당 사항을 공유하며 의견을 수렴하곤 한다. 검색창 페이지에 뜨는 추천 검색어들도, 그 추천 검색어를 누르면 보이는 작품들도 배치가 잘 되었는지 PD에게 확인을 요청한다. 더불어 홈 화면에 보여지는 추천 작품들의 정확도를 높이기 위해 몇 백 개의 작품들을 몇십 개의 해시태그에 맞춰 나열해 보고 여러 해시태그를 조합한 버전으로도 나열해 보는 등 인간 지능(서비스 기획자가 한 땀 한 땀 엑셀로 대분류, 중분류, 소분류 순으로 나열하고 어울리는 작품들을 배치하여 완성)을 통해 분류한 뒤, 회의를 통해 PD들에게 분류 기준을 설명해 주며 최종 확인을 요청하곤 한다.

IP 매니저와의 회의

매월 월간 레터를 통해 외부 콘텐츠 회사들에게 우리 플랫폼의 작품들을 소개하곤 한다. 이를 위해 사업 파트의 IP 매니저와 PD들이 만나 다음 달에는 어떤 작품들을 어떤 주제로 묶어 보내면 좋을지 함께 논의하는 회의를 한다. 3월에는 새 학기에 어울리는 캠퍼스물 위주로, 5월에는 가정의 달 위주로 혹은 시기와 상관없이 드라마화하기 좋은 작품이나 애니메이션화하기 좋은 작품 위주로 분류해 보면서 말이다. 이렇게 결정된 작품의 경우, 담당 PD가 IP 레터를 작성할 때 참고할 수 있도록 작품의 줄거리나 기획서를 IP 매니저에게 전달한다.

개발자와는…

아쉽게도 직접 소통할 일이 거의 없다. 보통 기획자에게 말하면 기획자가 개발자와 소통하여 진행되기에. 문제가 발생했을 때 원인 확인과 해결을 요청하기 위해 상황 설명하는 정도이기에 단체 회의가 아닌 이상 별도의 회의를 할 일이 없다. 그래서인지 PD가 개발자를 찾는 경우에는 '무슨 일이시죠?'와 같은 표정으로 깜짝 놀라곤 한다.

이렇게 회의별 목적과 성격이 다르듯이 회의의 안건에 따라 미리 내 생각과 관련 자료들을 찾아 메모장에 정리하고 회의에 참석한다. 그럼 함께 모이는 그 시간을 목적에 맞게 효율적으로 사용할 수 있으니까.

당연하겠지만 같은 안건이어도 직군별로 고려하는 사항들이 다르다. PD는 작품과 작가님을 고려하고, 기획자는 우리 서비스에서 구현 가능할지 혹은 개발이 가능할지를 고민하고, 디자이너는 컨셉에 맞춘 디자인이 우리 플랫폼 결과 잘 어울리는지 고민하고, 마케터는 어디에 어떻게 홍보하는 게 좋을지 고민하고, 개발자는 개발이 가능한 상황일지를 고려하고, IP 매니저는 이 작품의 셀링 포인트를 고민하는 게 신기했다. 그래서 이렇게 서로 다른 시각을 가지고 같은 주제로 회의하는 시간이 참 중요함을 느꼈다. 이렇게 서로의 시각에서 의견을 말하고 이해하고 서로의 목적을 다 이룰 수 있는 지점이 없을지 고민하고 찾을 수 있게 만들어주니까. 그래서 이 회의 시간을 잘 활용할 수 있도록 준비하고 경청하고 제안하고 전하는 커뮤니케이션이 필요하다.

제목 짓기 대작전

"제목이 눈에 안 띄어요."

편집부 회의 중, 내가 찾아온 작품을 본 다른 PD의 한마디. 자신도 이 작품을 인터넷에서 봤는데 어떤 내용인지, 어떤 장르인지 제목에서도 알 수 없어 섬네일을 눌러보지 않았다고 한다.

나 역시 그랬기에 그 말에 동의할 수밖에 없었다. 그래서 작가님께 제목의 의미를 물어봤고, 작명을 잘못하기에 순우리말 중 예뻐 보이는 단어들로 조합했다는 답변이 돌아왔다.

제목에 내용과 장르가 보이지 않아서 유입에 대한 진입 장벽이 있다는 말을 전하며, '작가님이 작명한 제목에 의미가 없다면 이 제목은 어떨까요?' 하며 새로운 제목도 제안한다. PD로서 작품에 대한 수정 사항을 요청할 때, 작가님을 배려하고자 하는 것 중 하나는 바로 수정이 필요하다고 생각한 이유와 함께 '이런 식으로 개선하면 어떨까요?'라며 수정 방안을 제시하는 것이다. 작가님의 고민과 시간을 아껴주기 위해서 말이다. 그래서 제목 역시 "고민해 주세요~"가 아닌, 그런 이유로 "이렇게 해보면 어떨까요?"라고 보기를 제시하곤 한다.

　"와! 너무 좋아요!"라는 작가님의 답변으로 빠르게 결정된 제목은 바로 〈레인보우 팔레트〉이다. 기존 제목은 〈하얀 하늘 꽃구름〉이었다. 제목만으로는 새로운 독자들이 유입되기 어려운 아쉬움이 있던 제목. 그러나 클릭해서 작품을 보기만 한다면 너무나도 매력적이고 다음 내용이 궁금한 작품이었다. 〈레인보우 팔레트〉의 배경은 전 세계의 색을 만드는 색깔사관학교이다. 이곳의 여섯 색깔은 각각의 특징과 성격을 지니고 있는데, 각자의 색깔과 맞지 않아 골칫덩어리로 여겨지는 일곱 친구의 좌충우돌 성장 이야기를 담은 작품이다.

영화 〈해리포터〉와 〈인사이드 아웃〉과 같은 세계관을 좋아하는 이들이라면 분명 〈레인보우 팔레트〉도 좋아할 것으로 생각했다. 크레파스로 그린 듯한 개성 있으면서도 귀여운 캐릭터가 등장한다. 그 새로움에 눈길을 사로잡는 작품이기도 했다.

〈레인보우 팔레트〉로 제목이 결정되기 전, 〈하얀 하늘 꽃구름〉의 작품 의도가 잘 드러나도록, 다른 작품명과 비슷하거나 겹치지 않도록, 독자들에게 한 번에 각인되고 부르기 쉽도록 몇십 개의 제목을 더 나열해 보았다.

그리고 후보 중 몇 가지를 동료들에게 공유해 작품과 더 잘 어울리는 제목들을 1차로 걸러낸다. 그렇게 남은 두 개의 제목 '색깔사관학교'와 '레인보우 팔레트'. 작가님께 내부 회의 내용을 전달하며 최종 제목 결정을 부탁드린다. 그렇게 제목부터 작품 소개 글, 섬네일 이미지까지 작품의 매력적인 세계관을 보여주기 위해 변경한 이 작품은 플랫폼 내 힐링 장르 최초로 연재 내내 인기 순위 1위를 기록하며 1,000만 뷰를 훌쩍 넘기는 인기 작품으로 자리매김했다.

이렇듯 제목이 작품의 첫인상을 좌지우지하는 만큼, 론칭 전까지 고민의 고민을 더한다. 인간 지능이 필요한 순간! "제목 짓는 일을 도와줘요!"라고 외치면 PD뿐 아니라 다른 직군의 동료들도 함께 머리를 맞대면서 말이다.

BGM과 GIF로 임팩트 더하기

PD로 입사 후 처음으로 맡은 작품은 바로 3화짜리 단편이었다. 화별 로그라인과 1화가 완성된 상황이었고, 기존 PD님을 대신해 내가 2화 작업부터 론칭용 일러스트와 완결까지 함께하게 된 것이었다. 지유라는 어린이가 자신을 위해 늘 바쁜 엄마의 꿈이었던 발레리나가 있는 오르골을 어버이날에 선물하기 위한 여정을 담은 이야기. 어버이날에 선물을 주는 엔딩이기에, 해당 마지막 화는 정말 그해 어버이날에 맞춰 업로드될 수 있도록 론칭 일자와 요일을 계획했다.

그럼에도 단 3화의 구성이 짧게 느껴져 아쉬운 독자들에게 〈지유의 선물〉이라는 작품 제목처럼 선물이 될 무언가를 줄 수 없을까 고민했다. 그때 스치는 생각 하나. '주인공 지유가 엄마를 위해 선물한 발레리나 오르골이 음악과 함께 움직이게끔 마지막 화 마지막 장면을 BGM*, GIF*로 구성하면 어떨까?' 그럼 예상치 못

> 웹 상에서 배경 음악으로 사용되는 음원이다.

> 웹 상에서 움직이는 그래픽 이미지이다.

한 움직임과 소리에 제삼자의 시선으로 작품 속 소품으로만 보던 독자들도 지유가 3화 내내 찾던 게 이런 소리를 내는 오르골이었다는 생각과 함께 깜짝 선물을 받은 기분이 들 것 같았다.

작가님도 흔쾌히 동의해 작가님은 GIF를, 나는 BGM을 담당하여 마지막 화의 마지막 장면의 감동을 더하고 작품의 분위기와 잘 어울리는 오르골 소리를 찾아 떠났다. 그중 상업적으로 이용이 가능한 BGM 몇 개를 작가님께 공유하고 작가님의 동의를 받은 최종 BGM을 법무팀 확인을 받아 해당 BGM의 출처를 최대한 상세하고 명확하게 표기해 두는 식으로 하면 준비 끝!

해당 BGM과 GIF가 삽입된 마지막 화는 지유와 엄마가 오르골을 바라보며 그 오르골 멜로디가 들리는 집 전경을 보여주며 끝나는 것 같다가, 오르골이 실제로 돌아가는 모션의 GIF와 오르골 소리가 들리는 BGM으로 장식되었다. 의도한 대로 독자들은 예상치 못한 모션과 소리에 댓글로 반응들이 뜨거웠다. 작품의 따스한 내용과도 어울리는 BGM으로 작품의 매력을 더하고, 독자에게도 선물처럼 GIF로 연출되어 단 3화임에도 긴 여운과 큰 임팩트를 남기는 효과를 얻을 수 있었다.

그 후 계약한 〈매일의 선물〉의 프롤로그 로그라인을 보다가 머릿속에 전구가 켜졌다.

'바다가 보이는 한적한 섬마을로 자전거를 타고 이사 가는 판다.'

이 한 문장으로 정말 해당 풍경과 주인공이 눈앞에 그려졌다. 그리고 정말 자전거를 타고 독자들 앞에 뿅 하고 등장하면 큰 파장을 줄 것 같았다. 마치 애니메이션의 첫 장면처럼 작품의 첫 화의 첫 장면에 첫 등장이 참 강렬한 인상으로 남을 것 같았다. 마침 작가님 역시 애니메이션을 만든 경력이 있기에 흔쾌히 동의하고 즐겁게 작업해 주셨다.

그 결과 독자들뿐 아니라 작가님들도 대거 등장하여 댓글을 다는 진풍경이 펼쳐졌다. 2D인 웹툰 특성상, 모션은 효과선과 동세와 연출 등으로 표현하는 게 익숙하다. 그렇기에 예상치 못한 GIF와 BGM을 발견하면 새로워 보이고 눈길이 가는 효과가 있다. 그래서 비단 내 담당 작품뿐 아니라 플랫폼 내 크리스마스 기획전에서도 상업적으로 이용 가능한 BGM 리스트를 공유하며, 특정 기념일의 분위기를 작품에도 덧입힐 수 있는 요소로 활용하곤 했다.

그러나 무엇이든 과함은 안 함보다 못하다는 것을 잊지 말길 바라며…. 처음과 마지막에 긴 여운을 주고 싶을 때 작품의 매력과 감동을 더하는 용도로 활용하는 걸 추천한다.

한 줄 로그라인에서
100만 뷰 인기 작품으로

"그 외에도 조선 여름을 배경으로 한 궁녀와 의금부 남성의 로맨스 이야기가 있습니다만, 현재 초안만 간략하게 잡아둔 상태입니다!"

모든 건 이 한 문장로부터 시작되었다.

여느 날처럼 눈에 띄는 작품을 찾고 있던 내 눈에 띈 화려한 그림체와 파스텔톤의 색감. 작가님의 인스타그램에 들어가 보니, 현대물뿐 아니라 한복을 입은 일러스트가 여럿 있었다. 채도가 낮고 분위기 있는 배경과 의상, 그리고 속내를 알 수 없는 표정이 담긴 중전과 궁녀의 일러스트를 보니 기획 PD로서 상상력이 발휘되었다.

'중전의 뒷모습에 드리워진 그림자를 보니, 행복하지 않은 것 같아.'

'저 궁녀의 쎄한 미소는 뭐지? 들고 가는 탕약에 독이 들어 있을 것 같은데?'

단 한 장면만으로 캐릭터의 숨겨진 사연이 궁금해지게 만드는 능력을 가진 작가님께 주저 없이 고백 편지를 보냈다.

메일함을 새로고침하며 두근거리는 마음으로 매일 답장을 기다린다. 짧게는 하루, 길면 한 달 만에, 혹은 오지 않는 답장을 기다린다. 그러나 감사하게도 몇 시간 만에 빠르게 온 답장에는 미팅 요청에 대한 긍정적인 반응과 더불어 마침 준비 중인 두 개의 작품 설명과 한 개 작품의 짧은 소개 글이 담겨 있었다.

유레카! 궁중 로맨스물이라니! 처음부터 이 작가님과는 궁중 로맨스 장르를 함께하고 싶었다. 기존 작품들은 다 현대 배경이었지만 특유의 밝은 파스텔톤의 머리와 눈동자 색으로 인해 판타지처럼 보이기도 했고 뚜렷한 개성과 캐릭터 매력이 잘 드러나지 않았는데, 작가님의 SNS에서 본 동양풍 일러스트는 현대물과는 달리 채도가 낮지만 화려한 옷의 무늬와 헤어 스타일로 인해 인물의 성격과 분위기가 잘 드러나고 매력이 강했다.

그래서 작가님께는 데뷔 작품인 캠퍼스 로맨스와는 다른 궁중 로맨스로 기존 팬들에게 새로움을 선물해 주자고 설득했고, 회사 내부에는 현재 우리 플랫폼에 없는 궁중 배경 로맨스물로 독자들에게 새로운 즐거움을 주자고 설득했다.

그렇게 플랫폼 내, 첫 궁중 로맨스물 만들기 대작전! 우선 작가님이 한 줄 소개 글에서 살을 붙여 만들어낸 전체 시놉시스와 캐릭터 시트를 보며 추가되거나 수정하면 좋을 부분을 하나하나 생각하며 적어본다.

'오잉? 3화라고? 시작, 중간, 끝만 있어서 너무 아쉬운걸!'

'조선시대인데 왜 여주*가 일자 앞머리인 거지?'

여자 주인공의 줄임말이다.

'남주*도 여주도 내성적이면 궁녀와의 로맨스가 더
어려울 것 같은데?'

> 남자 주인공의 줄임말이다.

이런 생각을 바탕으로 작가님께 과제를 넘겨 드리
는 것이 아닌, "이런 부분을 이렇게 상쇄하면 어떨까
요?"라고 방향과 방법을 제안하는 게 PD의 역할이다.
그래서 생각뿐 아닌, 방법도 함께 정리하고 유선 미팅
을 통해 작가님의 반응을 확인하며 요청이 아닌 이런
방향도 있다며 제안한다.

단편이지만 남주와 여주의 성격이 비슷하고 내성적인 만
큼 이들을 이어줄 수 있으면서 상반되는 성격으로 극의 개
그 요소와 밝음을 담당할 캐릭터가 추가되면 좋을 거 같아
요~ 예를 들어 작가님의 인스타그램을 보니 요새 〈슬기
로운 의사생활〉의 조정석이 연기하는 캐릭터를 좋아하는
것 같은데 해당 캐릭터처럼 조선시대 마당발 역할로 궁 내
모든 소식을 알고 있고, 여자의 마음을 잘 알아 남주의 사
랑을 도와주는 캐릭터를 추가해 보면 어떨까요?

스토리와 캐릭터 디자인이 완성되었지만, 시대물은 유의해야 할 부분이 더 있다. 바로바로… 역사 고증이다. 다들 역사에 대해서는 드라마뿐 아니라 어릴 때부터 공부하고 봐왔기에 어딘가 이상하다 싶으면 잘못된 부분을 설명하는 댓글이 달리는 일이 비일비재하다. 그렇기에 더욱 여러 각도에서 세심하게 살피는 것뿐 아니라 전문 서적 등으로 공부하며 재차 확인이 필요하다.

우선 작품 속 고증이 필요한 부분을 살펴본다. 의금부에서 일하는 남주와 궁녀인 여주의 복장을 확인하기 위해 여러 전문 자료와 드라마 속 의상, 그리고 의상들이 그려지고 설명된 책을 사서 비교한다. 이런 과정을 통해 궁녀는 어릴 때의 복장과 성인이 된 후의 복장과 머리 모양, 장식이 달라짐을 확인하고 작가님도 참고할 수 있도록 공유한다.

더불어 왕의 여자인 궁녀와의 사랑은 주인공 둘의 목숨도 잃고 불가능한 상황. 이를 해결하기 위해 역사 중 궁녀가 출궁하게 되는 일이 있는지도 찾아본다. 풍

년이 들거나 왕의 기념비적 행사 때 몇몇 궁녀의 출궁을 허락한 일이 있는 것을 보고, 남주 역시 왕의 눈에 들어 여주의 출궁을 도울 수 있고 둘의 사랑도 허락하게끔 작가님께도 이런 사례들을 전달한다. 작가님은 이 소스를 가지고 이야기를 만들어낸다.

마지막으로 가장 큰 고민은 조선시대 궁에서 궁녀에게 마음을 어떻게 고백할 것인가였다. 말로 하면 듣는 이가 있어 위험할 것이고, 무엇보다 '연모한다'라는 말이 여러 콘텐츠에서 이미 많이 소비되어 흔하게 보이는 게 문제였다. 이 고민의 해결은 작가님께서 말해주었던 여름의 조선시대 궁을 배경으로 한 파랑파랑한 로맨스라는 작품 기획 키워드와 시놉시스 속 꽃에서 해결의 실마리를 얻었다.

'조선시대 궁에서 말로 궁녀에게 고백하는 건 서로에게 목숨을 위협하는 일이지. 그렇다면 꽃을 선물해서 꽃말로 마음을 보이면 더 낭만적이지 않을까. 고백 꽃말을 가진 꽃을 찾아보자.'

한참을 찾던 중 물망초가 눈에 띄었다.

'이 파랑 꽃인 물망초로 고백하는 거야!'

이런 생각의 흐름으로 극 중 배경인 여름에 피는 꽃이자, 둘이 만나게 되는 매개체인 '찔레꽃머리'라는 제목을 작품의 장르와 이야기가 더욱 돋보이면서, 부르기도, 각인되기도 쉬운 제목인 '물망초 로맨스'라는 제목으로까지 발전시킬 수 있었다. 이로 인해 네이버에 물망초를 검색하면 연관 검색어로 〈물망초 로맨스〉가 나오는 효과까지 얻어 신기하고 기뻤다.

더불어 1화부터 댓글로 물망초의 꽃말인 '나를 잊지 말아요'를 언급하며 결말을 추리하는 독자들을 만날 수 있었고, 작품 곳곳에 배치된 물망초로 주인공들이 마음을 주고받는 식의 수미상관 구조로 완성도를 높일 수 있었다.

그렇게 한 줄 소개 글로 내 마음을 사로잡고 이미 잘될 거라 확신했던 이 작품은 플랫폼 단편 작품 역사상 처음으로 론칭 즉시 연재일마다 매주 로맨스 장르 인기 1위를 달성했다. 완결 후에도 여러 번 정주행하고 입소문을 통한 지속적인 유입으로 인해 100만 뷰를 훌쩍 넘어 200만 뷰를 바라보는 작품으로 많은 사랑을 받게 되었다.

이런 것까지 신경 써야 해요?

여느 날처럼 작가님이 보내준 원고를 살펴보던 중, 눈에 띄는 부분이 있다.

바로 무엇인가를 잡는 손가락 모양. 다른 손가락이면 상관없어도 엄지와 검지를 사용하여 집는 것은 지양하기 때문이다. 이 포즈가 자연스럽기는 하지만 그럼에도 각도를 다르게 하거나 다른 손가락을 활용하는 식으로 괜한 오해를 받지 않도록 변경한다. 그래서 해당 장면을 캡처하여 이유와 해결 방향을 담아 수정 요청을 드리곤 한다.

이런 손 모양을 통한 문제가 발화되었을 때, 우리 회사에서도 작품뿐만 아니라 내부에서 디자인된 작업물들도 일괄 확인하는 시간을 가졌다. 혹시 오해를 받을 손 모양이나 월계수 잎 모양이 사용되었을지 말이다. 그 당시 작품 홍보 배너에 추천평을 수상작 느낌으로 월계수 잎을 사용하여 담아보려 했는데, 비록 이미 디자인된 홍보물이지만 논란에서 벗어나기 위해 금박별 모양으로 일괄 변경하여 노출하곤 하였다. 이렇게 시대의 이슈를 알고 민감하게 반응하고 혹시 모를 이슈를 방지하고자 더 보수적으로 확인하는 과정이 PD에게는 필요하다. 원고가 세상에 노출되기 전 확인하는 마지막 단계이기에 더더욱 말이다.

이와 연계하여, 중요시했던 부분이 하나 더 있다. 편집부에서 늘 합을 맞추고 중요시했던 부분은 지금 검토하는 작품이 아무리 재미있더라도 혹시 누군가에게 상처를 주거나 비하하는, 누군가가 불편할 내용들이라면 진행하기 어렵다고 판단한다. 이와 같은 기준은 작품 선정 당시에만 해당하지 않고, 연재 중인 작품들에도 혹 내용 중 특정 대상에게 상처가 되거나 불편할 부분이 없을지 살펴보는 기준이 된다.

예를 들어 우리가 일상에서 자주 사용하는 단어 중, '결정 장애'라는 단어가 특정인 비하 표현으로 여겨질 수 있다는 말을 듣고서는 대사나 성격을 설명할 때 해당 단어가 있다면 다른 식으로의 대체를 제안하는 식으로 살펴본다. 예산이 부족해 이사갈 수 있는 집이 만족스럽지 않다는 것을 그림뿐 아니라 '창문 없는 오래된 판잣집'이라고 구체적으로 표현한 장면에는 혹시 모를 해당 집에 살고 있을 독자에게 상처가 될까 싶어 구체적인 묘사 텍스트는 없이 가게끔 수정을 요청해 보는 식으로 말이다.

또한 과도하게 폭력적이거나 자극적인 소재를 지양하곤 한다. 내용상 간혹 필요하더라도 미성년자의 범법 행위(음주, 흡연)가 직접적으로 노출되지 않도록 유의 사항을 안내하고, 원고 내에서도 추리만 가능한 선으로 표현될 수 있도록 확인한다. 잔인한 장면이 나올 때 최대한 다른 물체와 효과음 등으로 상황을 가늠하게 하거나 흉기나 피 등을 직접 노출하지 않도록 모자이크나 다른 대체 방향을 작가님과 함께 고민하는 과정을 거친다. 그렇게 가린 후에도 혹시 모를 놀람을 방

지하기 위해, 원고 상단에 아래처럼 안내 문구로 예고
하는 것도 잊지 않는다.

　※본 화는 잔인한 묘사를 포함하고 있습니다. 감상에
주의하여 주시기를 바랍니다.

　이렇게 만에 하나라는 가정하에 글과 그림 방면에
서 여러 각도로 살펴보고 의견을 제시한다. 물론 이런
노력 끝에도 모두를 만족시키긴 어렵겠지만, 그럼에도
혹시 모를 오해를 방지하기 위해 최대한 민감하게 반
응하고 안전한 방향으로의 변경을 요청드린다. 작품
을 그리는 작가님과 보는 독자, 그리고 서비스하는 플
랫폼 모두를 위해.

취미가 직업이 되면
퇴근이 없습니다

처음엔 너무나도 기뻤다. 매일 웹툰 보러 출근하는 일이. 그러나 취미가 직업이 되다 보니 점점 일과 일상의 경계가 모호해지기 시작했다. 좋아하니까 잘하고 싶어서 더 열심히 시간을 쏟았다. 그러다 보니 누가 시키지 않아도 욕심내어 공들이느라 늦게까지 일하곤 했다. 그래도 괜찮았다. 그럼에도 그 일이 너무 재미있었으니까. 그러나 문제는 퇴근 후였다. 분명 퇴근했는데 왜 나는 머리를 감으면서도 일 생각, 자려고 누웠을 때도 일이 생각나는 것일까.

그래, 집에만 있어서 그런 걸 거야! 밖에 나가볼까?

아뿔싸! 밖에 나가보니 참 놀라운 일이 펼쳐졌다. 지하철에 타니 다른 사람들이 어떤 웹툰을 보는지 궁금했고, 어떤 속도로 보는지 파악하고 있는 나 자신을 발견했다. 거리로 나오니 태권도복을 입고 피아노 학원 가방을 든 어린이가 보였다. 최근 계약한 작품이 피아노 학원 배경이라 작가님께 공유하면 좋겠다는 생각에 열심히 인터넷에서 비슷한 가방들을 찾아본다. 목적지였던 서점에 도착하자 내가 사려고 했던 자기계발서 코너에는 가지도 않고, 어느새 내 손에는 웹툰으로 만들기 좋아 보이는 소설과 동화책이 들려 있었다. 그렇다, 취미가 일이 되면 이렇게 일에 중독되는 사태가 발생한다.

회사에서도 일하고, 집에서도 그리고 주말에도 일 생각으로 가득한 나는 의도치 않게 24시간 풀 근무를 하고 있었다. 웹툰 외에 다른 것을 채워 넣을 시간, 그리고 워크가 아닌 라이프를 즐길 수 있는 여유가 현저히 부족했다. 그러다 보니, 더는 웹툰을 보며 눈을 반짝이고, 더 욕심내어 아이디어를 말하고 일하는 모습 대신, 시켜서 하는 일처럼 느껴지고 처리해야 할 일처럼 업무를 대하는 나를 발견했다. 더는 웹툰이 즐겁게 느껴지지 않았다. 취미가 아닌 직업으로 발을 들이고 일하게 되자, 퇴근 후 쉴 수 있는 취미가 사라져 버렸다. 종일 웹툰을 보고 퇴근 후에도 웹툰을 보니, 전혀 쉬는 것 같지 않고 일의 연장선처럼 느껴졌다.

무엇보다 이전과는 다른 시각으로 웹툰을 바라보게 되어 전혀 즐길 수 없었다. 웹툰 PD가 되자 오탈자나 잡티, 폰트 크기나 컷 간격 등이 눈에 들어왔다. 더는 내가 원하는 웹툰을 보지 않고, 나도 모르게 인기 웹툰의 이유를 분석하는 자신을 발견했다. 그렇다, 더는 웹툰을 즐길 수 없는 지경에 이른 것이다!

물론 이렇게 시도 때도 없이 드는 웹툰 생각 덕분에 담당 작품이나 플랫폼에도 이런 시도를 해보면 좋겠다는 인사이트가 쌓여 적재적소에 유용하게 쓰이곤 한다. 하지만 이렇게 매일, 매달, 매년을 퇴근 후 쉼 없이 달려오다 보니 나와는 상관이 없을 것 같던 그것이 찾아왔다. 바로 번아웃. 그렇게 나는 취미를 잃었다.

지치지 않고 일하는 힘

"산타님은 에너지가 떨어지면 어떻게 충전하세요?"

어느 날 동료가 물어왔다. 본인은 활력이 떨어질 때가 많은데, 좋은 에너지를 유지하는 방법이 궁금하다고 말이다.

직장 생활 4년 차, 나 역시 항상 에너지가 넘쳤던 것은 아니었다. 내게도 마의 3년 차 법칙이 찾아왔으니까. 늘 "너무너무 좋아요"를 외치던 나에게 다정한 미소를 지으며 '순수한 열정에 감동 받고 꼼꼼함에 든든하지만, 혹여 지치지는 않을까 걱정된다'라는 동료들의 말을 여러 번 들었다. 그때는 '왜 나를 걱정하지? 나무리하고 있나? 나는 괜찮은데, 왜 지칠 거라고 말하지?'라며 어리둥절했다.

만화를 좋아하던 내가 좋아하는 만화를 발굴하고 기획하는 일을 좋은 동료들과 하다 보니 출근이 기다려졌고, 회사 생활이 너무 즐거웠다. 맡게 되는 일들 역시 재미있기도 하고 '조금만 더', '조금만 더'라며 기획부터 운영과 회고 등, 새벽까지 업무를 하며 열정을 쏟아부었다. 누가 시켜서라기보다 스스로 이만큼만 더 하면 완벽하겠다, 너무 좋겠다는 욕심에 더 좋은 결과물을 만들고 싶어서였다. 정해진 기한 안에 완성도 높은 결과물을 내놨을 때 스스로 해냈다는 성취감과 더불어 무한 칭찬을 해주던 동료들 덕분에 계속 신나서 일할 수 있었다.

노력한 만큼 목표보다 더 좋은 성과를 여러 번 내고 동료들의 신뢰를 얻기도 하니 스스로 자신감이 생겼다. 다만, 일을 잘 끝내고 나니 휴가나 보상이 아닌 바로 다음 일이 떨어지는 상황을 발견했다. 그때 처음으로 숨이 턱 막혔다. 지난번 업무를 잘 마무리 지었고, 기간이 촉박한 상황이라 다음 프로젝트도 내가 담당하면 좋을 것 같다는 말에, 인정받았다는 기쁨보다 3개월간 해왔던 야근이 생각났다. 끝나면 쉬는 게 아니라 잘하면 일을 더 많이 준다는 생각에 기운이 쭉 빠졌다. 더 이상 열심히 즐겁게 달릴 수 있는 에너지가 없었다.

나의 컨디션은 누가 챙겨주지 않는구나. 나의 마음은 내가 사수해야 하고 돌봐줘야 한다는 것을 그때 깨달았다. 번아웃이라는 단어는 남 이야기인 줄만 알았다. 어떤 일을 해도 기쁘지 않고, 해야 하는 일이니까 의무적으로 출근하고 일을 했다. 출근해서도 웃음이 사라졌다. 무슨 일이 있냐는 동료들의 물음에 번아웃이 온 것 같다며 극복하는 방법을 열심히(이것조차 열심히 묻고 다녔던 사실이 웃기다) 묻고 다녔다. 다만 동료들의 방법이 아닌 스스로에게 필요한 것이 무엇인지 확인하고 처방하는 임상 실험이 필요했다. 이를 위해 최대한 칼퇴하려 노력했다. 점심시간에 일을 하거나, 근무 시간에 집중해서 일하거나, 일찍 출근하는 등의 방법으로 6시 정시에 퇴근하는 날을 최대한 자주 만들려 노력했다. 그래야 퇴근 후 바로 쓰러져 자고 다시 일하는, 일을 위해 사는 하루에서 벗어나 저녁 시간만큼은 수고

한 나를 위해, 그리고 수고할 나를 위해 잘 쉬어주고 충전하는 시간으로 활용할 수 있기에.

❶ 저녁 시간에 일을 하지 않고 정말 푹~ 잘 쉬는 것을 목표로 아무것도 하지 않고 쉬기만 했다.

❷ 이 생활이 무료해질 때쯤, 운동을 시작했다. 필라테스, 헬스 PT로 정적(?)인 운동을 마스터하고 나니 지루한 운동 대신 멋져 보이고 재미있어 보이는 킥복싱 학원에 등록했다.

❸ 피곤하니 쉬어야 한다는 핑계로 늘 배달 음식으로 저녁을 먹었는데, 장을 보고 요리하기 시작했다. 주 1~2회는 나를 위해 예쁘고 건강한 밥상을 만들어 선물했다. 스스로 요리를 한다는 성취감과 요리하는 동안 아무 생각도 안 할 수 있어 덩달아 쉼까지 얻었다.

❹ 좋아하는 사람과 좋아하는 걸 함께하는 시간을 가졌다. 바쁘다는 핑계로 쉽사리 연락을 못 나누거나, 만남을 가지지 못했던 사람들과 만나 추억을 다시금 떠들고 근황을 나누고, 맛있는 걸 먹거나 재미있는 영화나 전시를 함께 보러 다녔다. 소소한 일상 같지만 그것

만으로도 회사일로 가득했던 내 일상에 환기가 되고 좋은 에너지를 받을 수 있었다.

❺ 주말에 집에서만 쉬면 시간이 금방 가지만, 기분 전환이 되지 않는다. 그래서 약속이 없더라도 혼자 우선 나간다. 그동안 제대로 둘러보지 않았던 풍경과 날씨를 느끼며 보고 싶었던 책을 구매하러 서점에 갔다. 풍경이 좋은 한적한 카페에서 책을 읽고, 먹고 싶었던 음식을 먹고 집으로 돌아온다. 혼자이기에 주변을 더 살펴볼 수 있고 자유로움과 여유로움을 느낄 수 있다.

❻ 끝없는 야근과 앞으로도 계속 이렇게 바쁠 게 예상되기에, 너무 숨이 막히거나 몸과 마음이 지칠 때는 다급히 캘린더를 확인해 본다. 회의가 없는 날, 담당 작품 연재일이 아닌 요일이 있다면 냉큼 휴가를 써서 그날은 나를 위해 선점해 둔다. 그날 하루는 나를 위해 늦잠을 자고, 여유로운 점심을 챙기고, 업무로 바빠서 미뤄뒀던 개인적인 일을 하거나, 혹은 정말로 온전히 방콕을 한다. 책을 보거나 유튜브를 보며 최대한 덜 움직이며 잘 쉬는 것을 목표로! 꼭 무슨 일이나 일정이 생겨야만 휴가를 쓸 수 있는 것은 아니기에 나를 잘 살펴보

고 휴식을 처방해 주자.

❼   돈을 벌어 선물한다. 남을 위해, 나를 위해. 처음 직장 생활을 했을 때 처음이라 더욱 낯설고 힘든 일이 많았다. 이렇게 힘들게 돈을 벌다니. 씁쓸하면서 기쁘지 않았다. 그래서 생일 선물로 아빠가 돈을 건넸을 때, 버럭 화를 내며 울기도 하였다. 피할 수 없으면 즐기자는 생각이 든 후로 가장 먼저 한 일은, 돈을 버는 의미를 여럿 만들어두는 것이었다. 그렇게 기부를 시작했다. 어린이, 장애인, 노인, 자립준비청년, 홈리스에게 조금이나마 응원의 마음을 보태었다. 그리고 동생과 함께 부모님에게 그동안 필요했던 에어컨과 건조기를 선물했다. 야근이 잦아 힘들어 보이는 동료들에게는 홍삼을 한 포씩 쥐여주곤 했다. 일상 속 남을 행복하게 해줄 선물을 찾는 게 습관이 되었는데, 그가 기뻐하는 모습을 상상하고 준비하고 목격하기까지 모든 과정에서 나 역시 기쁘기 때문이다. 내 주변 사람들을 행복하게 하는 일이 곧 나를 행복하게 하는 일임을 알았다.

❽   '좋은 말 상자'를 꺼내본다. 좋은 말 상자는 『나를 리뷰하는 법』이라는 책을 통해 알게 되었다. 아주 효과

적이라 여기저기 추천하고 다닌다. 만드는 법은 간단하다. 동료, 친구, 가족에게 받은 좋은 말(칭찬, 응원, 감사)을 캡처하여 휴대폰 앨범에 별도로 모아두면 완성!『나를 리뷰하는 법』의 김혜원 작가님은 이렇게 모아둔 글을 마음이 가난한 날, 응원과 용기가 필요한 날에 꺼내 본다고 한다. 이 글을 읽고 만들어본 좋은 말 상자 앨범에 벌써 100개 가까운 좋은 말이 쌓였다. 매일 칭찬만 들을 수는 없다. 하지만 잘하고 있다고 스스로 응원과 격려가 필요할 때, 지칠 때, 외로울 때, 이 상자를 열어 본다. 나, 이렇게 많은 응원을 받았구나.

내가 지치면 일에서도, 관계에서도 아쉬운 결과를 내는 것을 알기에. 달려야 할 때 지치지 않고 달릴 힘을 비축하기 위해, 더 오래 행복하게 일하기 위해, 오늘도 내 몸과 마음을 잘 보살핀다. 쉼이 필요하다면 휴가를, 응원이 필요하다면 좋은 말 상자를, 기쁨이 필요하다면 선물을, 사랑이 필요하다면 가족과 좋아하는 사람들과의 만남을 처방해 준다.

3장

작가님과 독자님과 플랫폼을
연결하는 웹툰 PD입니다

상대방이 기분 나쁘지 않게
부탁하기

'후, 이걸 어떻게 전한다?'

여기 평화로운 사무실 속 혼자만 머리를 쥐어뜯으며 고민하는 한 사람이 있다. 맞다, 그건 바로 나! 벌써 몇 시간째 작가님께 보낼 메일 한 통을 위해 삽입할 이미지들을 정리하고 메일 본문을 썼다 지웠다를 반복하는 입사 한 달 차의 웹툰 PD.

안녕하세요, 작가님! 보내주신 원고 확인했는데요, 여기 오탈자가 있어서 이렇게 고쳐주시고요. 이 장면은 이렇게 대사를 하는 게 좋을 것 같으니 수정 부탁드리고요…

웹툰 PD라는 직업상, 담당 작품의 원고를 확인 후 수정이 필요한 부분을 작가님께 전달해 드리는 업무가 매일 반복된다. 남에게 부탁하는 일이 가장 어려운 사람으로서 작가님이 만든 작업물에 대해 왈가왈부하고 수정해 달라고 하는 게 참 어렵게 느껴졌다. 그래서 나도 모르게 이 미안한 마음을 담아 메일에 온통 우는 표시를 가득 채우게 되었다. 그럼 죄송함이 덜어지긴커녕, 더 죄송한 요청을 드린 것 같은 마음속 무거움으로 다시금 자리 잡곤 했다.

그래서일까? 비단 작가님들뿐 아니라, 같은 회사에서 근무하는 동료들에게 업무를 요청해야 할 때에도 괜히 죄송한 마음에 저자세로 행동하고, 어렵게 느껴졌다. 내가 그에게 일을 주는 기분이었으니까. 차라리 나 혼자 할 수 있는 일이면 마음이 편할 텐데 말이다. 그래서인지 소통하는 일은 늘 내 마음을 어렵게 했다. 한 번의 요청을 위해 몇 번이나 글을 썼다 지웠다하는 시간과 노력이 들어가곤 했다. 이런 내게 부장님의 한마디가 답답하고 힘들었던 마음의 빗장을 풀어주는 열쇠가 되었다.

"업무 요청할 때 죄송해하지 않아도 됩니다. 그게 그분들의 일인 걸요?"

그랬다. 그가 담당하는 업무에 관해 업무를 요청하는 일은 참으로 자연스러웠다. 이렇게 생각의 전환을 하고 나니 동료들에게도 작가님께도 작업 요청을 할 때 이전과는 달리 마음의 부담이 줄어들 수 있었다.

자, 이제 해결해야 하는 건 단 하나. 어차피 매일 작업을 요청해야 하는데, 어떻게 하면 상대방이 기분 나쁘지 않게 잘 포장하여 말을 전할 수 있을까? 이를 위해 동료들의 메일이나 사내 메신저 내용들을 유심히 지켜보기 시작했다. 분명 내게 일을 시키는 내용인데 '왜 기분이 나쁘지 않을까? 왜 흔쾌히 하고 싶은 걸까?'에 초점을 맞춰 이유를 찾아보니, 상대의 입장을 배려하는 표현으로 말을 꺼내고 있었다. 예를 들어 '바쁘시겠지만', '편하실 때', '확인해 주시면 든든할 것 같은 마음에'라는 말을 서두로 업무를 요청하는 식이었다.

그래서인지 보자마자 흔쾌히 하고 싶은 마음이 들기도 하고, 조심스럽게 말을 꺼내고 상대의 상황을 알고 배려하는 말 혹은 상대를 인정하는 말 덕분에 마음이 확 열렸다.

이런 공통점을 발견하니 앞으로 내가 어떻게 업무를 요청해야 할지가 명확해졌다. 상대의 입장을 배려하며 상대를 인정함이 전달되어 흔쾌히 내 부탁을 받아들일 수 있게끔 말하면 되겠다! 그래서 시작해 봤다. 작가님께 피드백 메일을 보낼 때 다짜고짜 수정 사항만 주르륵 나열하는 방식이 아닌, 좀 더 다정한 인사말과 함께 '수정해 주세요' 대신 '체크한 부분 전달해 드리니 참고하시어 마무리 부탁드리겠습니다~^^'라는 말로 요청보다는 부탁 느낌으로 보내는 것이다.

더불어 이렇게 수정해 달라는 말만 딱딱하게 보내는 것이 아닌, '이 부분이 어떤 이유로 어색하고 그래서 이런 식으로 변경하면 좋을 것 같은데 어떨까요?'라고 보낸다. 그래야 작가님도 이 부분을 왜 수정해 달라는지에 대해 알 수 있고, 또한 어떻게 수정해야 할지에 대한 고민하는 시간과 노력을 덜어드릴 수 있다.

그리고 '제 생각은 이런데 작가님은 어떻게 생각하

세요?'라고 제안 형식으로 전달드리는 것이기에 결국 최종 결정은 작가님께서 하면 되는 것이라 작가님도 기분 나쁠 이유 없이 공감한다면 '반영'을, 내가 잘못 이해하고 있다면 '설명'을, 더 나은 아이디어가 있다면 '역제안'을 하는 식으로 편하고 다양한 소통이 가능해 졌다.

이렇게 메일을 보낼 때 받는 이의 입장에서 생각하 며, 상대가 기분 좋도록 문장을 쓰고 고치는 식으로 마 음을 예쁘게 담는 노력을 했다. 이를 위해 내가 기분 좋 을 때도 생각해 보게 되었다.

나는 칭찬을 받을 때 신나서 힘든 걸 잊고 더 열심 히 일하게 되는 사람이었다. 작은 칭찬에도 신이 나 '더 열심히 해서 또 칭찬 받아야지~ 기대에 부응해야 지!'라며 힘이 솟는 편이다. 나만 그런 줄 알았는데 "칭 찬을 싫어하는 사람이 어디 있어?"라는 남편의 말에 머 릿속에 느낌표가 생기는 기분이었다!(!!!) '칭찬은 정말 모두에게 통하는 방법이구나'라는 사실을 그제서야 깨 달을 수 있었다.

사회에 나오면, 우리는 여러 동료와 함께 협업하며 하나의 완성물을 위해 끊임없이 서로 소통하게 된다. 그때 서로 의견이 다를 수 있고, 각자의 역할에 따라 다른 사람들에게 업무를 요청해야 하는 일들이 많다. 더불어 여러 사람과 함께해야 하기에 아직은 낯설고 어색한 사이에서 어쩔 수 없이 대화해야 하는 일들도 생기기 마련이다. 그럴 때 상대의 마음을 여는 가장 쉬운 방법은 바로 칭찬이라 생각한다.

　　이 간단한 방법을 깨달은 후부터 내가 받았던 칭찬의 기쁨을 동료들과 작가님들께도 주려고 노력했다. 작가님들의 경우, 담당 PD인 나랑만 작품에 관련해 소통하기에 '지금 잘하고 있다'는 응원을 보내고 싶었다. 그래서 작가님이 보내준 원고에 대한 피드백 메일은 늘 칭찬으로 마무리했다.

　　작가님들뿐 아니라 함께 일하는 디자이너와 마케터에게도 업무 요청 후 작업물에 대해서 아무리 바빠도 구체적인 칭찬과 감사 인사를 잊지 않고 표현하려 노력했다.

단순히 '감사합니다'가 끝이 아닌, 어떤 점이 어떻게 좋았는지 언급해서 감사 인사를 전하면 더욱 진심이 전해졌다. 내가 요청한 업무를 해주어서 감사한 마음에 칭찬을 포함한 감사 인사를 했을 뿐인데, 이렇게 작업물에 대해 답장하면 돌아오는 말이 모두 같았다.

"제가 할 일을 한 것뿐인데 이렇게나 감사 인사를 주시고 좋아해 주니 저야말로 너무 감사합니다. 덕분에 뿌듯해지고 기분이 좋아졌어요. 앞으로 더 필요한 일이 있다면 언제든 말해주세요."

이렇게 내가 좋았던 점들을 생각해 보고, 또 상대방의 입장에서 생각하다 보니 어느새 상대방이 기분 나쁘지 않게 부탁하는 나만의 방식을 만들 수 있었다. 더 배려하는 말과 기분 좋을 말로 업무를 구체적으로 요청하고, 수정 요청의 경우 정확한 이유와 해결 방향을 제안하고, 최종 결과물에 대해 마음껏 칭찬과 감사 인사를 하는 식으로 말이다.

그렇게 나만의 템플릿이 만들어져 3시간이 아닌 10분 만에 메일을 쓸 수 있고, 피드백과 작업 요청을 했는데 오히려 "함께해서 좋고 힘이 되었다, 다음에도 함께 일하고 싶다" 라는 이야기를 듣는다. 그렇게 서로 기분 좋은 사이가 될 수 있었다.

도움이 필요할 때는 불러주세요

"어디선가~ 누군가에~ 무슨 일이 생기면~ ♬"

어릴 적 보던 TV에서는 도움이 필요한 상황이 생기면 꼭 이 노래가 울려 퍼지곤 했다. 회사 생활을 하다 보니 나도 모르게 많이 사용하는 말이 있다.

"어디시죠? 지금 갈게요!"

동료들이 언제 어디서 어떤 게 필요할지 몰라 약부터 이어폰과 유선, 무선 충전기와 머리끈, 사탕과 응원 메시지를 담은 귀여운 메모지까지 챙겨 다니는 나. 간혹 가지고 있지 않은 물품을 물어볼 때 기분이란…. 세상 아쉬운 표정으로 개인 캘린더에 '○○물품 구매하기'라고 저장해 놓으며 축 처진 어깨로 돌아선다. 그래서인지 내 가방은 백팩이든, 노트북 가방이든 상관없이 늘 동그랗고 빵빵하다. 비록 출퇴근길에는 힘들지만, 동료들에게 도움이 될 때면 그 무게가 전혀 무겁게 느껴지지 않는다.

오늘은 또 누구에게 도움을 줄 수 있을까, 호시탐탐 노리는 자로서 비단 동료뿐 아니라 담당 작가님들과의 연락에서 평소와 다른 점을 느끼면 바로 전화를 건다.

"작가님, 혹시 무슨 일이 있으신가요? 요새 컨디션은 좀 괜찮으세요? 어려운 부분이 있다면 편하게 말씀해 주세요~"

그렇게 내 레이더망에 걸린 번아웃이 온 작가님. 우선 1차 처방으로는 그동안 플랫폼으로 들어온 작품에 대한 애독자 엽서들을 모아 응원과 함께 전달한다.

삐빅- 실패입니다.

전혀 미동도 하지 않는 작가님. 마음의 응원에 대한 약 효과가 들지 않다니⋯. 그렇다면 2단계로 넘어가 볼까? 마음이 아니라면 몸의 피로를 풀어줘야겠지. 긴 시간 책상 앞에서만 작업하느라 허리 통증을 말하셨던 작가님이기에, 미팅을 핑계 삼아 안마 카페로 불러내 본다. 이렇게라도 불러내지 않으면 몇 개월, 몇 년간 쉽사리 제대로 쉬지 않는 분임을 알기에 작업 현황 확인 및 후속 진행 논의를 핑계로 안마 카페에서 카페인과 당 충전을 하고, 40분간 누워서 전신 안마를 받을 수 있는 안마 침대 체험존으로 작가님을 안내하고 나면, 임무 완료! 그렇게 임무를 완수하고 나서야 마음 편히 회사로 복귀한다. 회사에 도착하니 작가님께 온 연락 한 통.

오늘 감사했습니다. 덕분에 행복해졌어요~ ^^

활력을 되찾은 것 같은 문자 내용에 나도 덩달아 행복해진다.

띠링 ♬

임무 완수의 뿌듯함을 느낄 새도 잠시. 이번에는 다른 작가님의 면담 요청이다. 연재 중반부인데 이후 스토리를 만드는 게 어렵고, 다 재미없게 느껴진다고 한다. 자, 아이디어가 고갈된 작가님께 머리를 맞대러 또 떠나볼까?

미팅 장소로 가는 택시 안, 작가님이 전달해 준 시놉시스와 현재 연재된 에피소드를 확인한다. 최근 화수 내내 이렇다 할 큰 상황이 벌어지지 않았고, 여러 화수에 걸쳐 진행되는 에피소드로 인해 평화로움을 넘어 자칫 지루하게 느껴져서 고민인 것 같다. 완결까지 지금의 독자들을 계속 유입시키려면 더 매력적인 요소를 추가해야만 한다.

이럴 때 또 PD로서 상상력을 발휘해 본다. 만약 내가 독자라면? 이 작품에서 뭘 기대하며, 뭘 보고 싶고, 무엇 때문에 댓글까지 남기게 될까? 독자들의 댓글을 화별로 살펴보니, 좋아요 수와 댓글이 많은 에피소드들은 몇 개의 공통점이 있다.

이 작품은 동화 같은 포근한 그림체로 동물 친구들이 꿈을 이루기 위해 살아가는 이야기로, 휴대폰 배경으로 쓰고 싶을 정도로 예쁜 풀 컷 GIF 배경이 있거나, 동물 친구들의 귀여움이 가득한 장면이 있거나, 혹은 주인공들의 케미로 인해 저절로 입꼬리가 올라가며 흐

못해지게 만드는 내용이었다.

작가님과 미팅하며 지금 처한 어려움과 앞으로의 방향성을 공유한다.

"작품이 후반부로 넘어가는 시기인데 처음 기획했던 기승전결의 스토리 구성과 달리 아직 중요한 사건과 사연들이 나오지 않은 탓에 이야기의 흐름이 단조롭게 느껴지는 것 같아요."

웹툰은 귀엽기만 해서 되는 게 아니다. 각기 다른 개성과 사연을 가진 캐릭터들이 함께하는 이야기인 만큼, 위기가 발생하고 함께 이겨나가는 과정이 있어야 한다. 그 과정에서 팬층도 형성되며, 팬들은 위기를 극복하는 과정을 응원하고 해피엔딩을 보기 위해 완결까지 달리게 된다.

그렇게 2시간의 열띤 아이디어 미팅을 마치고 돌아가는 길, 작가님께 연락이 왔다.

미팅 덕분에 방향성을 다시 잡을 수 있었어요. 함께 고민해 주고, 많은 아이디어를 공유해 주셔서 정말 감사해요.

다음에도 스토리가 막힐 때 만나서 이야기 나누고 싶어요.

비록 정답은 없지만, 이렇게 함께 머리를 맞대는 것만으로도 작가님의 부담을 덜어드릴 수 있고 작품에 도움 될 수 있다는 생각에 마음이 한결 가벼워진다.

출근하면 '오늘은 누구에게 도움을 줄 수 있을까?' '도움이 필요한 사람이 있을까?'를 호시탐탐 살펴보기에, 이렇게 '산타님, 고마워요!'란 말을 듣고 나면 오늘 할 일을 다 한 것처럼 뿌듯할 수가 없다. 그렇게 오늘도 기쁜 마음으로 퇴근해 본다.

의도치 않은 왓츠 인 마이 백

데구르르르~

이 세계에서는
내가 작가님 매니저?

　웹툰 PD로서 빼놓을 수 없는 업무 중 하나는 바로 작가님 관리이다. 작품 뒤에는 창작자인 작가님이 있기에 컨디션 체크부터 일정, 기획, 홍보 등 모든 것을 살펴야 한다.

　"산타님, 이번 기획전에 〈레인보우 팔레트〉 작가님 섭외되나요?"라는 파트장님의 말에 멈칫한다. 해당 작가님은 당일 마감을 한 지 몇 개월째라 매주 연재되는 원고를 마감하기에도 힘든 상황이다. 데뷔 후 해당 요일에 인기 순위 1위를 줄곧 기록하고 있는 인기작이기에, 기획전 라인업에 함께하면 분명 팬들의 유입으로 안정적인 조회 수를 끌어낼 수 있을 것이다. 그걸 알기에 작가님의 참여 여부를 확인해 달라는 말에 우선은 알겠다고 답하지만, 머리로는 무리라는 생각으로 가득 찬다.

"너무너무 좋아요!"라는 말로 매번 긍정적인 답변을 주는 작가님은 이번에도 역시 기획전 제안에 긍정적인 참여 의사를 밝혔다. 감사하지만, 당장 한 달의 기간밖에 없는데 매주 연재와 병행하며 새로운 에피소드로 새로운 캐릭터를 그려내야 하는 게 우려되는 상황. 지난번 동일한 상황에 휴재가 발생한 터라, 이번만큼은 작가님의 의견을 바로 반영하지 않고 걱정을 담은 질문을 건네었다.

"작가님께서 늘 너무너무 좋다고 해주셔서 힘이 나고 감사할 따름이에요. 다만, 담당자로서 요 몇 달간 계속 작가님이 당일 마감으로 인해 밤샘 작업과 주말 없이 작업에 몰두해 주신 게 걱정되어요. 현재 연재만으로도 바쁜데 해당 작업까지 병행이 가능하신 걸까요?"

그 질문에 대한 고민 끝에 사실 입으로는 너무 좋

다고 외쳤지만, 머리로는 가능할지 걱정되기도 했다며 기획전 제안에 감사하지만, 현실적으로 어려울 것 같다고 대답해 주셨다. 담당 PD로서 해당 소식을 파트장님께도 전하며 플랫폼의 입장과 제안 이유도 알고 있기에, 연재 중인 작가님이 아닌 마침 쉬는 기간을 가지고 있던 인기 완결 작품의 작가님께 기획전 소식을 전하며 성공적인 라인업을 만들 수 있었다.

작품 추천 맡겨만 주세요!

때는 오후 4시, 약속이라도 한 듯이 배에서 꼬르륵 소리가 여기저기서 들리는 시간대이다.
그때 마침 마케터에게 온 메시지 한 통.
띠링 ♬

@콘텐츠파트(웹툰 PD로만 구성된 파트)님들~ 안녕하세요!
혹시 '치킨'이 맛있게 나오는 에피소드가 있을까요? 작품 추천 테스트를 기획하고 있는데, 대중적으로 선호도가 높은

메뉴인 치킨을 활용해 보려 합니다.

이 한마디에 너도나도 휴대폰을 들어 우리 플랫폼에 있는 웹툰들을 탐색하기 시작했다.

띠링 ♬

띠링 ♬

띠링 ♬

- 여기 이 작품 몇 화에 치킨 먹는 장면이 나와요~

- 닭강정은 안 되나요?

- 치킨집만 나오는 장면은 있는데!

- 치킨과 떡볶이로 메뉴 선정 토론하는 장면이라도 공유

 드려 봅니다.

- 의외로 치킨 먹는 장면이 은근 없네요.

- 배고파졌어요… 오늘 야식은 치킨으로 갑니다!

배고픈 시간대에 마침 들어온 치킨이 나오는 웹툰을 찾는 문의라니, 누구보다 집중해서 눈에 불을 켜고 진심을 다해 찾고 빠르게 답장하는 PD들에게 마케터

는 감탄사를 보내왔다.

"우와… 역시 PD님들! 사실 저도 찾아보다가 출출해지더라고요! 작성해 주신 에피소드들 참고해서 잘 기획해 보겠습니다. 퇴근 시간 이후까지 도와주셔서 감사합니다! 다들 맛있는 저녁 드세요~"

모두가 한 마음으로 열정적으로 웹툰을 추천한 우리의 모습이 웃기기도 하고, 왠지 모를 뿌듯함도 느끼며 노트북을 닫고 후련히 퇴근할 수 있었다.

PD는 작가와 회사의 다리

"몇 시까지 어디로 가면 되죠?"

"작가님 대기 공간이 있나요?"

"미리 준비할 게 있나요?"

팬 사인회가 예정되었다는 말에 마케터에게 와다다 연쇄 질문을 쏟아붓는다.

매주 연재 중인 일정에서 하루를 통째로 투자해 참석이 필요한 상황인 만큼 최대한 효율적으로 움직여 작가님의 수고를 덜어드리고 싶었다. 더불어 PD로서 행사의 정보를 미리 알아야 작가님에게 충분히 설명할 수 있다. 그렇게 마케터에게 미리 알아낸 정보를 정리해서 작가님께 전달한다.

또 한 번은 매체에서 작가님들을 인터뷰하고 싶다는 연락이 왔다. 그래서 담당 작가님께 일정을 전달하며 의사를 묻고, 사전 질문지를 전달했다. 인터뷰 당일 해당 장소에는 작가님들뿐 아니라 담당 PD들도 함께 동석하여 에디터님들을 소개해 드리고 다른 공간에서 일하며 기다린 적도 있었다. 이렇게 작가님의 일에는 PD가 소통부터 연결까지 담당하는 매니저가 된다.

소개팅하는 마음

'오늘은 뭐 입지?'

이른 아침 옷장에 걸린 옷들을 바라보며, 오늘도 고민한다. 하지만 매번 고민하더라도 내 손에 들리는 옷은 늘 똑같다. 하늘하늘한 파랑 블라우스와 대비되는 까만 슬랙스. 여기에 바깥 온도에 따라 두께만 다른 트위드 재킷을 걸치면 코디 끝!

매일 이렇게 입느냐고? 그럴 리가. 복장이 자유로운 IT 회사답게 캐주얼하게 입고 다니는 분위기라 나역시도 편하게 일에 집중할 수 있도록 부드러운 촉감과 부담 없이 체형을 가려주는 후드 티와 일자 청바지와 백팩으로 출근하는 게 일상이다.

그러나 오늘은 달라야 한다. 오늘은 바로, 작가님과의 첫 미팅 날이기 때문이다! 플랫폼을 대표하여, 그리고 앞으로 함께하게 될 PD로서 작가님께 신뢰감을 주고 싶은 마음에 격식을 갖춘 단정한 차림으로 이미지 메이킹을 해본다. 깔끔한 블라우스와 슬랙스 그리고 단화를 신고, 한쪽 어깨에 노트북 가방을 걸치고 집을 나서면 왜인지 자신감이 생기고 오랜만에 꾸민 모습에 스스로도 기분이 좋아진다. 옷 하나만 바꿨을 뿐인데 그날 하루를 내가 바라고 생각하던 멋진 PD의 모습인 것처럼 나 역시도 믿게 해주는 마법 같은 힘이 생긴다.

미팅을 준비하는 PD의 자세는 마치 소개팅하는 것과 같다. PD의 눈과 마음에 들어와 버린 작품의 작가님께 자기소개와 함께 작품의 어떤 점에 매료되었는지를 연애편지처럼 마음을 담아 보내고 답장을 기다리는 것부터 시작하니깐 말이다. 혹시나 작가님께 답장이 왔을까 두근거리는 마음으로 출근하자마자 메일함부터 열어보곤 한다. 작가님의 긍정적인 답장이 오면, 어느 날 어느 장소가 편한지 일정을 맞추고 미팅 약속을

-미팅 당일 아침-

흠...
오늘은 뭐 입지?

잡는다. 그렇게 잡은 미팅 날이 바로 오늘이다.

　작가님과의 미팅 2시간 전, 나름의 방법으로 미팅을 준비한다. 이미 전날 보고 또 보았던 자료이지만, 작가님이 전달한 작품 자료(시놉시스, 캐릭터 시트 등)를 다시 한번 훑어본다. 이뿐만 아니라 작가님의 SNS 속 일러스트, 그림 활동들을 살펴보며 어떤 그림들을 그리는지를 확인해 본다. 이렇게 확인해 두면 이후 작품의 적재적소에 활용하는 요소가 되기도 하고 작가님의 다른 장르와 강점, 선호 소재를 알아둘 수 있다. 이렇게 작가님과 작품에 대해 알아보고 궁금한 부분이 있다면 노트에 기록해 둔다. 나 역시도 이 미팅을 통해 작가님과 작품에 대한 정보를 최대한 많이 알고 싶은 마음이니까.

　그렇게 오늘 미팅 때 말해야 할 내용들을 주제별(작가님, 작품, 질문, 안내)로 노트에 채워둔다. 이렇게 말할 순서별로 적어둔 노트는 미팅 때 대화의 방향이 산으로 가지 않게끔, 그리고 나중에 말하지 못한 게 생각나서 아쉬워하는 일이 없도록 내 이정표가 되어준다.

회사 건물 앞에서 만나기로 한 작가님이 나를 잘 알아보도록 플랫폼 색깔과 로고가 새겨진 줄의 사원증을 매고 기다리면 작가님을 만날 준비 완료! 멀리서 기웃기웃 다가오는 분이 있다면 십중팔구 작가님이다.

또한 신기하게 작가님들은 작품 속 캐릭터와 많이 닮아 있다. 반갑게 인사를 드리고 준비한 소재들(날씨, 오는 데 얼마나 걸리셨는지, 와주셔서 감사하다 등)로 스몰토크를 하며 회의실로 이동한다. 나뿐만 아니라 작가님들도 긴장되는 시간일 것이기에, 분위기가 어색하지 않도록 환한 미소와 여러 설명들을 통해 대화 공백을 최소화한다. 입이 마르지 않도록 작가님과 음료를 마시며, 작가님 작품의 어떤 점이 좋아서 제안 메일을 보내게 되었는지와 현재 작가님의 신분(학생, 직장인, 프리랜서)을 물으며 작가님과 작품에 대해 궁금한 점(작업 경력, 세이브 원고 수, 캐릭터와 줄거리 관련 문의) 등 준비한 질문을 한다. 반대로 작가님도 플랫폼, 연재, 계약 관련하여 궁금한 부분이 있다면 이 시간을 통해 확인할 수 있도록 질문이 있을지를 문의드리곤 한다.

이렇게 서로의 관심을 바탕으로 궁금한 부분을 묻

고 나면 오늘 함께해서 즐거웠고 시간 내주셔서 감사하다는 말과 함께 헤어진 후, 후속 일정(상세 시나리오, 추가 자료 요청)을 정리한 내용의 메일로 다음을 기약하며 미팅을 마무리한다. 오늘 미팅이 서로에게 좋은 시간이었길 바라며, 만남과 마무리까지 소개팅하는 마음으로 작가님과 함께하고 싶은 마음을 잘 전해본다.

작가님께 칠전팔기 고백 편지

띠링♬

메일 알림음이 와서 확인해 보니, 지난번 컨택했던 작가님이 답장을 주었다! 이 순간을 바라면서도 마치 합격 발표를 보는 것처럼 떨리기도 한다. 과연 수락의 말이 담겨 있을까, 혹은 거절의 말이 담겨 있을까. 긴장감이 감돈다.

안녕하세요, PD님. 우선 제 작품을 좋게 봐주시고 협업을 제안해 주셔서 감사합니다. 다만, 제가 여러 작업으로 바쁜 상황이라 현재는 작업이 어려울 것 같다는 아쉬운 말 전해드립니다. 제안해 주셨는데 긍정의 답을 드리지 못

해 죄송합니다.

긍정의 문장으로 시작하는 첫 줄을 읽으며 기대감과 기쁨이 차올랐다가, 거절의 문장에 바람 빠진 풍선처럼 김이 파스스 새어버린다. 그럼에도 이렇게 상황을 공유하며 회신을 주는 것만으로도 감사할 뿐이다. 오지 않는 답장을 매일 기다리는 일이 허다하기에.

그러나 이대로 포기할 수는 없다! 이미 내 머릿속에는 작가님이 그린 캐릭터들로 그려질 이야기들이 펼쳐져 있는데, 거절 한 번으로 마음을 접는 건 아쉬우니까. 그래서 부담스럽지 않을 선에서 작가님의 주위를 랜선으로 맴돌며 연락할 타이밍을 고민해 본다.

예를 들어 이런 식으로 말이다. 작가님이 거절 회신에 언제까지는 바빠서 어려울 것 같다고 대략적인 시기를 언급했다면, 바로 내 캘린더에 해당 시기 이후 일자에 동그라미를 치고 '작가님께 다시 연락해 보기'라고 적어놓는다. 그리고 그때에 맞춰 다시금 안부 인사를 전하며, 혹시 지금은 작업이 가능하신 상황일지를 문의하는 것이다.

정확한 시기가 없다면, 계절이 바뀌거나 혹은 연도가 바뀔 때 안부와 연말연시 인사말을 곁들여 보내는 방법도 있다. 마치 연하장처럼 작가님의 안부를 물으며 언제든 작가님이 편하실 때 연락 달라며 잊지 않도록 존재감을 피력해 본다.

작가님들은 보통 작업용 그림들만 올리는 부캐* 같은 인스타그램 계정을 운영하는 경우가 많은데, 이 계정들도 팔로우해 두고

부 캐릭터. 본인의 주된 캐릭터를 대체하여 사용하는 캐릭터를 말한다.

혹시 새로운 소식이 있다면 좋아요와 댓글로 함께 축하와 관심을 보내기도 한다. 수상을 하거나 책이나 굿즈를 내거나 혹은 작품을 완결했다는 소식을 들으면, 직접 구매하고 후기를 메일로 정성스레 보내보기도 한다.

*작가님, 오랜만에 연락드리네요~ 새해 복 많이 받으세요!
벌써 1월이라니 시간이 정말 빠르게 지나간 것 같아요 :)
지난번 연락 시 외주 작업으로 바쁘셨었는데, 지금은 바쁜 일정들이 잘 마무리되었을까요?*

그간 어떻게 지내고 계셨을지 궁금하기도 하고,
펀딩으로 구매한 작가님의 아트북과 엽서를 드디어 받게
되어서 반갑고 기쁜 마음에 연락드렸습니다. 작가님의 따
스한 색감과 예쁜 그림체가 꽃, 햇빛과 어우러지니 너무
잘 어울려서 멍하니 바라봤답니다! ^^

작가님과 작품을 꼭 함께하고 싶은 마음에 다시 한번 연
락드렸습니다.
혹시 미팅이 가능한 상황이실지 문의드려 봅니다~

바빠서 협업이 어렵다고 한 작가님들의 경우, 상황
을 고려하여 대면 미팅이 아닌 유선 미팅으로 조금이
라도 더 부담 없이 임하실 수 있도록 제안한다. 전화로
작업 가능한 시기와 어떤 작품을 구상 중인지를 듣고
관련한 자료를 언제까지 전달해 줄 수 있는지를 논의
하며 다음을 기약하는 식이다.

단편만 그려보아서 장편에 대한 두려움과 스토리
기획이 어려워 작업하기 힘들다는 작가님도 있었다.
그렇다면? 달려가면 된다! "어디시죠? 제가 함께 머리

맞대겠습니다"라고 외친 후 작가님 동네에서 만나 하고 싶은 스토리와 컨셉들을 듣고 그에 맞춰 "이런 내용은 어떨까요? 혹은 저런 컨셉도 좋을 것 같아요"라면서 여러 안을 제시하며 몇 시간이고 함께 떠들다 보면 어느새 이야기의 골조가 완성되어 있다.

이렇게 나를 잊을만할 때쯤 연락을 드려 세 번의 메일 컨택 두 번의 유선 미팅, 한 번의 대면 미팅 끝에 약 일여 년 만에 계약에 성공한 작가님도 있었다. 그렇기에 오늘도 최선을 다해본다. 혹여 빈말이라도 흘려듣지 않고 정말 몇 개월 후에 다시금 안부를 물으며 함께하고 싶은 마음을 표현해 본다. 우리의 타이밍이 맞을 순간을 기다리며.

상처 주지 않는,
상처받지 않는 피드백

　　"예전부터 생각했던 이야기를 정리해 봤는데, 혹시 시간 괜찮으면 봐주실 수 있을까요?"

　　1년간 함께했던 작가님이 작품 완결 후, 연락이 왔다. 완결 미팅 때 하고 싶은 다음 작품에 대해 들뜬 표정으로 설명해 주시던 모습이 떠올라 그 작품이겠구나 싶어 반갑고 기대되었다. 두근거리는 마음으로 새 작품의 원고를 휴대폰으로 열어본다(웹툰 특성 상 독자들이 모바일로 보는 경우가 많기에, 노트북같이 큰 화면이 아닌 실제 독자가 볼 휴대폰 화면으로 동일하게 확인하는 방법을 추천한다).

　　'와, 작가님 특유의 따스하고 포근한 색감과 동화 같은 그림체는 여전히 매력적이네?'

첫 장면부터 노란색에서 초록색, 분홍색, 파란색으로 자연스레 이어지는 하늘 배경에 놀라고, 귀여운 캐릭터에 나도 모르게 눈이 휘어지며 마음이 사르르 녹아 엄마 미소를 짓게 만든다. 작가님의 여전히 훌륭한 그림체와는 달리 이전 작품과는 크게 달라진 부분들도 눈에 띈다.

'한 장면씩 옆으로 넘겨보는 컷툰에서 위에서 아래로 긴 화면을 내려보는 스크롤 뷰 형식으로, 동물들이 가득 나오던 작품에서 인물들만 나오는 설정으로 보는 방법부터 캐릭터까지 바뀌었구나?'

이전 작품과는 달라진 변화에 새로움을 느끼며 아껴보고 싶은 마음에 스크롤을 찬찬히 내려본다. 1화인 만큼, 초반부터 작품의 세계관을 설명하고 이어지는 장면들에는 여러 인물이 등장하며 눈길을 사로잡는다.

그런데 한 명, 두 명, 세 명, 네 명? 어라, 이 중 주인공은 누구지? 비슷한 생김새와 복장을 가진 인물들에 예상치 못한 주인공 찾기가 시작되었다. 유심히 보니 여러 컷에 반복되어 나오는 친구가 있다. 찾았다, 네가 주인공이구나! 주인공을 찾고 나니, 바로 다른 인물이 새로 등장한다.

　여주에게 반갑게 손을 흔들며 말을 거는데, 독자인 나로서는 궁금할 뿐이다. 쟤는 누구지? 남주인가? 동글동글 귀여운 그림체이기에, 인물들의 나이와 관계를 추리하기 쉽지 않다. 일단 풀리지 않는 의문을 가진 채 다음 장면을 통해 여주의 직장 선배이자 활발한 성격에 공연하는 직업을 갖고 있다는 정보를 얻을 수 있었다.

　여주는 말수가 적은 대신 생각이 많았다. 이와 동시에 여주 옆에 있는 남주의 말들이 겹쳐지면서 말풍선과 생각 풍선 그리고 내레이션까지 더해져 화면에는 소품과 가구로 채워진 배경과 세 명의 인물, 그리고 네 개의 말풍선과 한 개의 나레이션으로 가득 차 있었다.

　화면을 가득 채운 텍스트에 놀라기도 잠시, 이어지는 컷에서도 여주는 혼자만의 생각이 가득하고 표정만으로는 흐름을 알기 어려웠다. 그래서 하나하나 텍스트에 집중하다 보니, 웹툰 특성상 시원하게 쓱쓱 스크롤을 내리며 보는 맛이 사라졌다. 그림과 텍스트를 같이 읽는 게 아닌, 텍스트에만 집중하는 일이 벌어졌다.

더불어 이 장면 안에 많은 오브제와 인물이 있다 보니, 파스텔톤 색감 특성상 여주가 전혀 눈에 들어오지 않았다. 어떻게 찾은 주인공인데 이렇게 다시 배경과 인물, 대사에 묻혀버리다니, 이대로는 안 된다!

아쉬운 부분을 어떻게 해결할 수 있을지에 대한 생각을 적어본다. 피드백뿐 아니라, 보면서 좋았던 부분들도 바로바로 적어둔다. 애정과 열정으로 만든 작품에 고칠 점만 전하는 건, 입장을 바꿔 보면 기분 좋은 경험이 아닐 테니까.

자, 그 후에는 감상 후기를 기다릴 작가님을 위해 날것 그대로인 체크 포인트에 살을 붙이는 과정이 필요하다. 수정 요청이 아닌, 이 작품의 어떤 점들이 참 좋았고 그래서 그 매력을 더 많은 이들에게 잘 부각될 수 있도록 몇 가지 아이디어를 PD의 입장에서 공유한다. 여기서 중요한 포인트는 작품이 잘 되길 바라는 진심이 잘 드러나야 한다. 그렇지 않으면, 오해가 되고 상처가 될 수 있을 테니까.

작품에 대한 칭찬과 함께, 수정 요청 피드백이 아닌 작가님의 작품을 PD인 나 역시도 애정을 가지고 발전 방향을 고민해 보아서 새로운 시선을 공유드리니 편하게 참고해 달라는 말을 서두에 적는다. 그리고 어떤 부분이 어떤 이유로 아쉽고 그걸 이런 방안으로 수정하면 이런 도움이 될 것 같다고 이유와 해결책을 제시한 피드백을 전달한다.

그 후 작품에서 좋았던 장면과 이유를 공유하며, 작품과 작가님을 응원하는 말로 마무리하면, 상처 주지 않고 상처받지 않는 피드백이 완성된다.

피드백은 그저 단점을 말하는 것이 아닌 좋았던 점과 개선하면 좋을 점을 함께 고민하고 잘 되길 바라는 마음을 담아 공유하는 것이다. 그래서 시간이 걸리더라도 날것의 빠르고 간결한 피드백이 아닌 상대의 입장에서 듣기 좋을, 그리고 도움이 될 피드백을 진심을 담아 세공하는 과정을 꼭 거친다.

말로 전해야만 아는
미안함과 고마움

#미안합니다

맑은 하늘, 향긋한 커피향. 곧 있을 업무 미팅을 앞두고 약속 장소에서 기다리는 중인 나는 한껏 여유로운 분위기에 취해 기분 좋은 상태였다. 바로 그 연락이 오기 전까지는!

안녕하세요, 산타님! 30분 정도 늦을 것 같아서 연락드렸습니다.

무슨 일이 생긴 건가? 30분이나 늦다니. 갑작스러

운 소식에 놀라 혹시 무슨 일이 있는 건 아닐지 걱정부터 되어 바삐 답장을 보냈다. 휴, 사고가 난 건 아니었구나. 그저 늦게 출발한 거였다니 다행이다. 아니, 가만 있어봐 뭔가 이상한데. 뭘까, 이 찝찝한 기분은?

그랬다. 이 대화에는 가장 중요한 말이 빠져 있었던 것이었다. 바로 '미안하다'는 사과다. 그걸 자각하고 나니, 더는 좋은 기분으로 그 상대를 기다리고 있기 어려워졌다. 미안하다는 말이 당연히 있어야 할 상황인데, 너무 당연해서 잊은 건가 싶은 속상함이 밀려왔다.

안타깝게도 생각보다 이 당연한 말을 빠뜨리는 경우를 종종 마주하게 된다. 크리스마스 연휴인 주말, 차를 타고 이동하던 중이었다. 연락 올 사람이 없는데, 그래야만 하는데 갑자기 메시지 알림음이 울린다. 한 번도 아니고, 연달아 울리는 알림음에 나도 모르게 손가락을 움직여 본다.

안녕하세요! 혹시 지금 파일 교체 가능할까요?

주말에 연락이라니, 그것도 연휴에! 그리고 '지금' 해달라는 업무 요청이라니…. 믿을 수가 없어서 그저 당황스러울 뿐이었다. 마치 내가 주말에도 일하는 것처럼, 24시간 대기조처럼 느껴지는 연락이었다. 그것과 더불어 역시나 이 대화에도 미안하다, 죄송하다는 어떠한 말도 없었다.

주말에 연락하려면 정말 큰 오류와 장애가 발생하거나 급히 공유가 필요한 상황이 있을 경우만 상상이 되긴 하는데(이 경우에도 받아본 적 없다), 그렇다 하더라도 진심이 담겨 있지 않더라도 기본 값처럼 연락의 앞단에는 '주말에 연락드려 죄송하지만'이 붙어야 한다고 생각한다. 내가 상대의 업무 시간을 고려하여 밤과 주말에 연락하지 않는 것처럼, 상대 역시 그런 배려와 예의를 보여주면 좋을 텐데. 그럴 수 없는 상황이라면, 미안하다는 말이라도 꼭 잊지 말아주기를 바란다.

감사합니다

나는 매일 몇십 명과의 메시지를 주고받는다. 업무 관련 연락이기에 특별할 게 없고 마음에 와닿는 대화도 드물다. 그런데 이 무미건조함 속 한 사람의 텍스트만 반짝반짝 빛을 내뿜는 걸 발견했다.

산타님과 업무 이야기할 때는 '세상에나 이렇게 명확하게 내용을 전달하신다고?' 하면서 감탄의 감탄을 해요. 늘 이해하기 쉽게 잘 설명해 주셔서 진짜 감사해요! 산타님과 일해서 행복한 1인입니다! 오늘도 너무너무 고생 많으셨어요~ 따숩고 즐거운 저녁 보내셔요. 감사합니다!

심지어 이 메시지는 내가 보낸 업무 문의와 작업 요청에 대한 답장이었다. 즉, 내가 감사함과 칭찬을 받을 만한 말을 하지 않았음에도 불구하고 저런 따스한 마음이 가득 담긴 답장이 온 것이다.

얼떨떨하면서도 구체적으로 내 어떤 점이 좋았다고 칭찬과 거듭 감사함을 말해주는 이 메시지 하나에 하루의 피로가 다 풀리고 힘을 얻을 수 있었다. 작은 일에도, 당연한 일에도 고맙다는 인사를 잊지 않는 사람. 그럼 그 사람은 내게 고마운 사람이 되어 흔쾌히 도와주고 싶고 감사하다는 말도 갚아주고 싶다.

반대로 정작 내가 칭찬과 수고했다, 감사하다는 말을 예상한 상황에 절대 그 말을 안 해주는 사람들도 있다. 열에 한 번씩은 하는 걸 보면 고마움을 알긴 하나, 너무 바빠서 잊은 걸로 이해해 보려 노력한다. 며칠, 몇 주를 노력한 결과물임을 뻔히 알면서도 감사의 말을 잊은 채 바로 수정 사항부터 득달같이 토해내는 모습에 머리를 쾅 하고 맞은 것처럼 어지럽고 온몸에 힘이 쫙 빠져버린다. 이럴 때는 그저 나를 일하는 도구로만 보는 느낌이라 속상하고 허무하기도 하다. 그 결과물이 나오기까지 많은 고민과 시간과 노력을 들였기에, 그 모든 게 부정당하고 물거품이 되어버리는 기분을 그 사람은 알까?

여러 번 반복되자 앞으로 달려갈 힘이 더는 남아 있지 않다. 도착점이 있긴 할까.

그렇다고 나 좀 칭찬해 달라고, 우선 수고했다고 인

정해 달라고, 이런 점이 좋으니 감사의 인사부터 해달라는 말을 누구에게도 할 수 없다. 그건 너무 징징대는 것처럼 보일 테니까.

인사에 대한 서운함을 누구보다 잘 알기에 아무리 바쁘고 힘든 상황이라도 감사 인사는 꼭 전한다. 사소한 일일지라도 혹은 그저 답변만 준 상황일지라도 아니면 동료의 업무 상황 공유라고 할지라도 말이다. 간단한 말 한마디가 상대방이 쏟은 시간과 노력을 알아주고 인정하는 방식이라 생각한다.

익숙함에 속아 소중함을 잃지 말자! 미안함과 고마움을 말하지 않아도 알 거라 생각하지 말자. 그 무심함이 쌓여 점차 멀어진 사이의 간극이 영영 좁혀지지 않을 수도 있다.

동료의 힘

일하느라 밥을 안 먹으면 일어나는 일

타닥타닥, 고요한 사무실 속에 오로지 내가 내는 타자 소리만 울려 퍼진다. 오전에 갑자기 발생한 이슈를 당장 오후 내로 해결해야 하는 상황이었기에, 점심시간을 맞은 동료들을 보내고 노트북 앞에 다시 앉았다. 회계팀과 자금팀과의 소통이 필요한 상황이라, 오전 회의 후 문제 확인과 해결을 위한 파일을 만들고 재결재를 올리는 작업에 열중했다. 그러던 중 들려온 한마디.

"산타님, 이거 먹고 해요!"

열중하던 고개를 들어보니, 어느새 동료들이 다가와 안타까운 표정으로 하나둘씩 손에 들고 온 간식을 내려둔다. 그 안에 진심이 보였기에, 나도 모르게 미소가 지어졌다. 비록 점심은 못 먹었지만, 나를 생각해 주는 동료들의 마음 덕분에 안 먹어도 배가 부르다.

함께해요!

나 역시도 동료가 바쁘고 힘들어 보이면 마음이 쓰인다. 혹시 도울 것이 없을지 묻고, 분담한다. 도울 것이 없다고 하면 팀 전체에게 시킨 일을 바빠 보이는 그분의 몫까지 내가 하거나, 다른 팀에서 그분에게 문의나 업무를 요청할 때 내가 할 수 있는 선에서 최대한 대체하려 노력해 본다. 그리고 한 사람에게 업무가 몰리지 않도록 새로운 작품과 새로운 업무 담당자가 필요할 때 얼른 손을 들어 분담한다. 지치지 않도록, 오래 함께 건강하고 즐겁게 일하기 위해. 우리는 한 팀이니까.

입사한 지 얼마 되지 않았는데, 야근이 잦아 보이는 동료에게는 야근의 이유를 묻고 함께 야근하며 업무를 분담하기도 하며 말이다. 함께하는 힘을 알기에. 이날 한 번뿐이었음에도 몇 년이 지난 지금도 그분에게는 내가 좋은 사람으로 각인되는 에피소드가 되어주었다.

협업은 릴레이 경주

작가님이 그린 웹툰이 독자들에게 보이기까지는 여러 사람의 땀방울이 필요하다. 이를 위해 웹툰 PD는 사업, 기획, 디자인, 마케팅, 개발, QA* 직군과 함께 발을 맞춘다. 혼자서는 상상으로 만 끝나는 일을 이들과 함께라 면 실현할 수 있다.

> 개발 완료된 기능을 테스트하여, 문제점이 없는지 최종 점검을 담당한다.

독자 시절부터 지금 다니는 이 플랫폼이 궁금했다. 앱 리뷰에 있는 문의에 대해 복사, 붙여 넣기 한 내용이 아닌 늘 친절하게 답해주던 곳. 독자 요청 사항을 흘려듣는 게 아니라, 몇 개월 후 진짜 개선이 되던 곳.

독자들의 의견에 귀 기울이고 빠르게 반영해 주는 플랫폼이 신기했다.

이곳에 입사하고 보니, 알게 되었다. 문제가 인입되면 필요한 담당자가 모두 모이고, 역할을 분배하여 차례대로 자신의 임무를 수행한다. 안 된다는 말보다 해볼 수 있는 방법을 찾는 곳, 그래서 빠르게 상황이 해결되고 결과물이 나오는 모습을 보며 참 놀랍고 멋져서 마치 어벤져스같이 느껴졌다.

기획전 PM으로 기획부터 완성까지를 위해서도 비단 PD만 있어서는 아무것도 할 수 없다. PD가 컨셉을 기획하면, 작가님들이 원고를 그려주고, 디자이너가 배너와 포스터의 디자인을 해주고, 마케터는 내용과 어울릴 이벤트를 구상해 주고, 개발자는 이벤트를 앱 내에 구현해 내고, QA팀은 이상이 없을지 여러 기기로 여러 변수를 테스트해 본다. 독자들이 손끝으로 휙휙 빠르게 보는 짧은 웹툰이 나오기까지 이렇게 여러 사람이 몇 개월의 작업 기간을 거쳐 만들어지는 것이다.

도와줘요!

혼자서는 문제 해결이 어려울 때가 있다. 그럴 때 주저 없이 외쳐본다. "도와줘요!" 그럼 나와는 다른 시선의 아이디어를 주거나 문제의 원인과 해결 방법을 알려주거나 혹은 말보다는 행동으로 직접 문제를 해결해 주는 동료들이 있다.

이런 일은 꼭 점심을 먹으러 멀리 나온 날에 터지곤 한다. 기존과는 달리 작품 설명 페이지에 세 명의 작가님의 이름 노출이 필요한 상황. 한 작가님의 이름이 보이지 않는 문제를 발견했다. 설정상으로는 아무 문제가 없어 보여 당황스러웠던 내 눈앞에 밥을 먹고 있던 개발자가 들어왔다!

"도와줘요!" 냅다 외친 나를 위해 개발자분은 군말 없이 나와 함께 회사로 돌아와 원인을 파악하고 문제를 해결해 주었다. 간식으로 감사함을 표하는 내게 당연한 일을 했을 뿐이라던 그 말이 참 위로와 감동이 되었다. 그래서 나 역시도 동료가 도와달라고 할 때는 아무리 바쁜 일이 있어도 제쳐두고 우선 그 일을 함께 돕곤 한다. 도움을 요청할 수 있고 흔쾌히 도와줄 수 있는 사이가 동료니까.

빨리 가려면 혼자 가고, 멀리 가려면 함께 가라

일을 하면서 '빨리 가려면 혼자 가고, 멀리 가려면 함께 가라'라는 말을 공감하게 되었다. 혼자 뛰면 분명 빠르게 갈 수 있겠지만, 그 힘듦과 기쁨을 함께 누려줄 사람이 없다.

그러나 함께 뛰면 지치고 힘들 때 손을 내밀어 주고 속도를 맞춰주고 한 발짝 더 다가와 나의 바통을 건네받아 대신 뛰어주는 동료들이 생긴다. 경쟁자가 아닌 같은 목표를 위해 한 팀으로 서로 힘을 합하고 마음을 다하는 사이, 업이라는 레이스를 함께 달려주는 러닝 메이트들이 있기에 힘내서 다시 달릴 수 있다.

서비스를 사랑하면
일어나는 일

"산타님은 모든 것이 너무너무 좋나요?"

그렇다. 나도 모르게 늘 '너무너무 좋다'라고만 했다는 것을 동료의 말을 통해 알 수 있었다.

하지만 진심이다. 회사에 들어오기 전부터도 좋았는데, 함께 일하게 되니 동료들의 모습과 태도까지 멋졌다. 함께하며 배우는 것이 많았고, 무엇보다 직군이 달라도 우리 플랫폼에 진심이라는 점이 같았다. 그래서 모이면 다정하지만, 치열하게 회의에서 의견을 쌓았고 흩어지면 각자의 역할을 완수하며 구멍 없는 퍼즐처럼 촘촘히 서비스를 만들어나갔다.

스스로 '만모바(우리 만화밖에 모르는 바보)'라고 칭하는 동료가 많았는데, 이들은 모이면 어떤 이야기로 시작해도 결론은 우리 플랫폼의 서비스 이야기로 귀결된다.

"주말에 게임을 했는데 우리 웹툰도 플랫폼에서 게임으로 즐길 수 있도록 해보면 어떨까요?"

"어? 저 포스터 색깔 우리 플랫폼 로고 색과 같아요!"

무엇을 하고 무엇을 보든 결국 플랫폼 생각이 나는, 우리 서비스에 진심인 사람들로 가득했다. 그리고 여기서 나오는 작은 의견 하나도 허투루 흘려듣지 않았다. 재미있어 보인다면, 다 눈을 빛내며 "해볼까요?"라며 역할을 분담했다. 그리고 늘 "해보시죠"라고 답해 주는 부장님 덕분에, 그저 공상으로 끝나지 않고 실제 플랫폼에도 다양한 아이디어(게임, 이벤트 등)를 시도해 볼 수 있었다.

독자에게 새로운 재미를 주기 위해, 그리고 우리 플랫폼만의 결을 지키기 위해 고민하는 PD들과 독자의 눈에 작품이 더욱 잘 들어올 수 있도록 공부하고 여러 변화를 시도하는 기획자와 디자이너들, 작품별 어울리는 2차 콘텐츠화와 해외 수출을 위해 월간 레터를 만들고 전세계 방방곡곡을 돌아다니는 IP 매니저들, 작품의 홍보를 위해 SNS뿐 아니라 앱 내 이벤트들도 시기별 기획하는 마케터들, 그리고 웹툰부터 이벤트까지 서비스의 모든 부분을 구현해 내는 개발자들.

이렇게 자신이 만드는 서비스에 언제나 진심인 동료들에게 반해, 나도 더 열심히 더 열정적으로 일하게 되었다. 자연스럽게 동료들과 애정 어린 눈으로 소통하고, 독자를 사랑하고, 작가님들께 진심을 다하는 PD로 성장할 수 있었다. 그렇게 우리가 만드는 이 서비스를 사랑하게 되었고, 그래서 이 서비스를 빛내주는 작품을 만드는 작가님들께 감사했고, 플랫폼에 놀러오는 독자들이 참 소중하게 느껴졌다.

그래서 작가님들께 메일 한 통을 보내더라도 그 마음이 가득 담길 수 있도록 신경 썼고, 독자들에게 나갈 공지사항이나 이벤트 문구를 쓰더라도 따뜻함 한 스푼을 담도록 매만지게 되었다. 무엇보다 PD로서 작가님과의 첫 미팅 때, 서비스에 대한 애정과 자신감이 가득할 수 있었다.

참 신기한 것은 이런 마음에도 전염력이 있다는 것이다. 내가 동료들을 통해 서비스를 사랑하게 된 것처럼, 작가님들도 플랫폼에 대한 애정을 설문조사 답변을 통해 남겨주었고, 독자들도 플랫폼을 사랑해서 자진하여 악플 방범대를 만들기도 하는 걸 보면 말이다.

이렇게 내가 속한 서비스를 사랑하면, 함께하는 동료들이 참 소중해지고 무엇보다 나 자신이 하는 일 역시 대충 하는 것 아닌, 능동적이고 열정적으로 할 수 있는 마법 같은 힘이 생긴다. 그래서 나를 위해서 내가 지금 하고 있는 일과 속한 회사의 서비스를 사랑하는 방법을 추천해 본다.

즐겁게 일하는 방법이 궁금한가? 어렵지 않다, 바로 서비스를 사랑하면 되니까!

사람들의 일상에
만화를 선물하고 싶은 마음

벌써 20년이 넘도록 만화를 봤는데, 아직도 만화가 너무 재미있고 너무 좋다!

해외에 나가보니 더 그 마음이 커지고 값졌다. 대학생 때 미국 인턴으로 1년간 아무도 아는 사람 없는 나라에 가 낯선 사람들과 함께하며, 인턴 숙소에 나 혼자 남겨졌을 때 외로움을 달래주었던 건 바로 모바일로도 쉽게 볼 수 있는 웹툰이었다.

중국 유학 생활하는 당시에도 무료한 일상을 채워주고, 위로가 필요할 때 위로를 주던 것도 웹툰 속 대사였다. 이때 처음 웹툰이 그저 킬링 타임용 콘텐츠가 아닌 작품이 될 수 있다는 걸 깨달았다. 그렇게 일상 속 재미뿐만 아니라 힘을 주는 작품을 더 많은 사람들에게 알리고 싶었다. 내가 받은 기쁨과 위로를 필요한 사람들의 일상에 선물처럼 배달되길 꿈꾸다 보니 어느새 여기까지 왔다.

그 선물이 누군가의 일상에 닿았기를. 더불어 나 역시도 독자로서 그 선물을 받을 수 있기를 오늘도 기대하며 응원한다. 다양한 시도와 자신만의 메시지를 담은 개성 있는 작품을 그릴 작가님과 그 가치를 알아보고 발견할 PD와 그 메시지에 일상 속 힘을 얻고 그 마음을 댓글로 남겨줄 애독자를 기다리며. 어느덧 4년차가 된 지금, 독자들이 보내온 정성스러운 메시지들을 통해 PD가 되길 잘했다는 생각이 다시금 든다.

바쁜 일상 속 쉼이 필요할 때 걱정 없이 볼 수 있는 웹툰. 그런 작품들을 독자에게 선물할 수 있도록 매일 온라인, 오프라인을 찾아다닌다. 인기 장르에 국한되지 않고 자신만의 개성과 메시지가 돋보이는 작품에 더 눈이 간다. 작품이 주고자 하는 메시지가 공감된다면, 그 메시지가 나뿐만 아니라 독자들도 매료시켜 공감하고 응원하게 되니까. 그럴 때 장르와는 상관없이 폭발적인 반응을 얻음을 확인한 후로는 더욱 확신을 가지고 찾을 수 있었다.

작품만의 강점과 의미, 메시지, 다각화 방향을 고민하여 원석을 찾아서 세상에 그 가치를 빛내게 해주는 일, 그게 바로 PD의 일이니까.

4장

만남이 있다면
헤어짐도 있는 법이죠

작품과의 첫 만남 썰

일하면서 설레는 순간이 있는가?

웹툰 PD로서 설레는 순간을 뽑자면, 단연 내 취향의 작품을 발견할 때다! 매일 새로운 작품을 찾아 온라인 이곳저곳을 누빈다. 작품들을 타고 타고 가다가 눈길을 확 사로잡는 섬네일을 발견하면 혹시나 하는 마음에 심장이 두근거리고 눈이 커지기 시작한다. '제발 재미있어라! 내가 찾던 작품이 바로 이 작품인가?'

섬네일을 클릭해 웹툰 원고를 찬찬히 스크롤 하여 탐색한다. 이 작품만의 강점이 무엇인지, 다른 작품들과의 차별성이 있는지, 계속 보게 만드는 매력 포인트가 있을지, 무엇보다 우리 플랫폼의 다른 작품들과 결이 맞을지 우리 독자들이 좋아할지를 고민하며, 이런 기준에 대한 답이 전부 동그라미 표시가 될 때 머릿속에 큰 느낌표가 뜨며 확신하게 된다. 그때야 심장이 마음껏 쿵쾅대도록 마음의 빗장을 활짝 연다.

그렇게 만난 작품과의 첫 만남 썰

몇 년이 지나도 처음 그 작품을 발견하게 된 순간은 생생하게 기억난다. 마치 운명의 상대를 만난 것처럼 내 가슴을 뛰게 만든 바로 그 순간! 다들 취향이 다르듯이 PD별로도 각각 선호하는 장르가 다르다.

같은 플랫폼 내에서도 어떤 PD님은 개그 장르물을 찾아보거나 투고로 들어온 작품 중 해당 장르에 더 반응하기도 하고, 어떤 PD님은 환경적이나 사회적인 메시지를 담은 작품을 우리가 조명해 보자며 마음을 쓴다. 또 남성 독자들이 좋아할 액션과 남주 시점에서 풀어내는 이야기에 공감하며 집중하는 PD님도 있다. 그래서인지 투고로 들어오거나 각자 찾아온 작품을 보면 '어? 이 작품 완전 누구 PD님 스타일이잖아?'라고 생각이 들 때가 있다.

나는 편집부에서 귀여운 힐링물과 서브로 로맨스를 담당하고 있다. '누구는 이 장르만 합시다!'라고 정해진 게 아니고, 취향에 따라 잘할 수 있는 장르와 선호하는 장르의 작품들을 찾다 보니 자연스럽게 주요 장르가 구별되었다.

어릴 때부터 도라에몽을 좋아했던 영향일까. 동글동글한 캐릭터는 일단 호감부터 간다. 그래서 동그란 판다가 주인공인 웹툰에 내 눈길이 가고, 마음이 설렌 건 어쩌면 당연한 일이었다. 게다가 동물들 사이에서 유명한 선물 가게를 운영하는 판다 이야기라니! 자칭타칭 산타로 불릴 만큼 선물에 진심인 나로서는 '어머, 이건 운명이야!'라는 생각이 들 수밖에 없어 두근거리는 심장을 진정시키기 바빴다.

내 눈앞에 나타난 귀엽고 다정한 이 웹툰을 꼭 우리 독자님들에게도 선물하고 싶었다. 그러나 연출이 한정적인 네 컷 만화 형식과 노이즈 효과로 인한 배경과 선의 가독성이 아쉬워 다른 PD님들에게 이 작품은 화수가 좀 더 쌓이는 걸 보며 컨택을 고민해 보자며 후순위로 밀리게 되고 마는데….

그렇게 아쉬운 마음을 뒤로 하고 보내던 어느 날, 편집부 메일함에 생각지 못했던 메일 한 통이 날아왔다!

안녕하세요. 판다가 사장인 선물 가게 이야기를 담은 웹툰 작품으로 작가 지원합니다. 그럼 잘 부탁드리겠습니다. 감사합니다.

아쉽게 컨택하지 못했던 작품이었는데, 작가님이 어떻게 알고 직접 플랫폼에 투고 메일을 보내온 것이다. 그것도 내 생일날! 주말이어서 회사 메신저 방에 내색은 못 했지만, 너무 놀라웠고, 한편으로는 내가 찾았던 작품이 내 생일날 연재 문의 메일로 돌아온 게 마치 선물처럼 느껴졌다.

다들 이 메일을 보고 환히 웃으며 "산타 PD님과 작가님이 마음이 통했나 봐요!", "정말 선물 같은 작품이네요! 미팅해 보시죠"라며 응원해 주었다.

그렇게 만난 〈매일의 선물〉은 배경에 노이즈 효과를 걷어내고 선명한 선과 색감이 드러나도록 발전시켜 독자들에게도 매일이 선물 같은 작품으로 무사히 배달할 수 있었다.

맞춤법만 보여요

"호감이 있다가도 맞춤법을 틀리면 이미지가 깬다"라는 말에 공감한다. 반대로 맞춤법을 다 지킨 문장을 보면 편안함과 신뢰를 느낀다. 진부한 표현처럼 느껴지지만, 나는 어릴 때부터 책을 좋아했다. 쉬는 시간마다 도서관으로 달려갔던 덕분일까. "책을 많이 읽으면 국어를 잘하겠네"라는 어른들의 말이 그때는 이해가 되지 않았으나, 정말 국어는 잘했기 때문에 어떤 인과관계가 있는지는 아직도 모르겠다. 그러나 확실한 건, 그래서인지 어색한 단어와 문장이 눈에 잘 띄는 편이다.

처음 맞춤법을 틀렸던 날을 기억한다. 초등학교 국

어 시간이었는데, 선생님이 한국인이 자주 틀리는 단어를 칠판에 적어주셨다. 그런데 그중 내 눈에 들어온 한 단어. '역활'이 아니라 '역할'이 맞다고? 그렇다. 그동안 내가 자주 사용했던 단어가 알고 보니 틀린 단어였다! 이때의 충격이 아직도 생생하다. 왜냐하면 나는 이 단어를 분명 다양한 매체에서 여러 번 봤기 때문이다. 그래서 당연히 표준어라고 생각했다는 핑계를 대보며, 괜히 배신감도 들고 창피함과 혼란스러움이 공존했다. 교과서 외에는 믿을 게 없다는 사실을 깨달았던 날이기도 했다.

그 후 십여 년간 이어진 다독과 높은 국어 점수 때문에 맞춤법에 나름 자부심을 가진 성인으로 자라게 된다. 그러던 어느 날, 나를 다시 한번 맞춤법에 신경 쓰게 만든 일이 벌어졌다. 중국 유학 중 한국어를 전공하는 중국인 친구와 채팅을 하고 있었는데, 맞춤법이 틀린 단어를 사용하는 게 내 눈에 포착되었다. 그래서 올바른 단어를 알려주었는데 자꾸 나를 의심하는 게 아닌가? 그래서 인터넷에서 그 단어를 검색하여 국어사전에 있는 단어라고 알려주자, '이상하네?'라며 고개를 갸우뚱거렸다. 알고 보니 그 친구는 한국어 공부를 하려고 K-콘텐츠를 보는데 거기서 이 단어를 봤기 때문에 당연히 표준어라고 생각했던 것이다. 그때 친구에게 네가 본 그 콘텐츠의 단어가 잘못된 것이라고 말하며 괜히 한국인인 내가 민망함을 느꼈던 게 기억난다.

그래서였다. 웹툰 PD가 되어서 맞춤법만큼은 타협할 수 없던 이유가. 처음 원고의 피드백 메일을 보냈던 날이 기억난다. 그때는 신입 사원이라 작품의 어떤 부분을 피드백해야 할지 감이 잡히지 않고 또 조심스러웠다. 그래서 그저 내가 할 수 있었던 것은 붙여쓰기, 띄어쓰기, 오탈자 등의 텍스트 오류를 잡아내는 것뿐이었다. 한 문장, 한 문장 맞춤법 검사기에 직접 입력해 보며 혹시나 맞춤법이 틀린 부분이 없는지 확인하고 그 부분을 캡처하여 그림판에 빨간색 펜으로 체크하여 이미지를 저장하고 수정 요청을 드리는 메일을 꼬박 3시간에 걸쳐 작성했다.

4년 차가 되어서도 변함없이 원고를 보면, 맞춤법 검사기부터 켜곤 한다. 이제는 일일이 입력해 보지 않아도 띄어쓰기, 붙여쓰기가 필요한 부분이 눈에 보이지만 그래도 혹시나 하는 마음에 한 번 더 맞춤법 검사기를 돌려본다. 익숙하다고 생각할 때가 가장 위험하니까. 끊임없이 나 자신을 의심해야 비록 몸은 불편할지라도 마음은 편하다. 그래서 웹툰 PD로서 내가 가장 많이 사용하는 문장은 이것이다.

"붙여쓰기(또는 띄어쓰기) 부탁드려요."

"맞춤법 교정 부탁드립니다."

PD는 웹툰 작업의 가장 마지막에 있는 직업인만큼 작가님들이 미처 보지 못한 그림과 글의 수정이 필요한 부분을 확인한다. 독자에게 선보이기 전 최종 확인을 하는 역할이기에 작가님들이 이후 수정이 없도록 최종 컨펌 단계에서 한 번에 피드백함으로 수정을 최소화할 수 있도록, 작품에 맞춤법이 틀렸다는 댓글이 남지 않도록, 독자들이 틀린 문장을 습득하지 않도록 오늘도 안경을 닦고 원고를 매의 눈으로 살펴본다.

문제는 매의 눈이 업무를 볼 때만 발휘되면 좋겠는데, 퇴근 후에 회사가 아닌 곳에서도 늘 나의 레이더망에 걸려서 아른거리는 것! 지하철 출구에서 받은 전단지부터, 저녁을 먹으며 보던 예능의 자막, 소파에 누워 보던 웹툰과 심지어 책을 읽다가도! 눈을 돌리면 보이는 맞춤법 오류에 지쳐 결국 흐린 눈을 하고 만다.

'왜?'라는 궁금증

"이 일은 왜 해야 하나요?"

생각지 못한 질문이었는지, 앞에 있는 동료는 잠시 놀란 표정을 짓고선 차근차근 설명을 시작했다. 이 일의 배경과 목적, 기대하는 방향을 듣고 나서야 머릿속에 설계도가 그려진 듯 해야 할 일이 명확해지고 계획이 세워진다.

한국에서 주입식 교육을 받은 터라 그저 보고 외우는 공부만 해온 지 십수 년. 그 결과 질문 없는 사람으로 성장했다. 직장인이 되어 처음 일하던 날이 생각난다. 출근한 지 2일 차, 드디어 내게 주어진 일은 중국어 계약서를 영어로 번역한 뒤, 회의실로 가져다주는 것이었다. 그때 나는 질문을 했어야 했다. 이 업무를 수행하기 위해서는 어디서 도움을 받고, 언제까지 가져다줘야 할지를 말이다. 그저 질문 없이 무조건 "네!"라고 외치고 해보는 게 미덕이라고 배워왔던 나에게 1시간을 기다리다 지친 상사가 싸늘한 표정으로 말했다.

"산타 씨, 앞으로는 할 수 없으면 없다고 말해요."

그때부터였을까. 업무를 진행할 때 무조건 질문부터 하게 된 게. 사소한 것에도 이게 맞을지 의심하며 궁금해하기 시작했다. 왜 이 일을 해야 하는지 목적을 알지 못한다면, 시작점부터 일을 시킨 상사와의 지향점을 맞추는 대화를 하지 않는다면, 그 일은 분명 서로가 생각하는 방향이 아닌 다른 결과로 만들어질 게 뻔하니까. 그래서 더욱 사소한 것이라도 궁금해하고 초반에 질문을 하며 서로 생각의 차이가 좁혀지게끔, 같은 방향과 도착지를 그리게끔 맞춰야 한다.

웹툰 PD가 된 후, 처음으로 맡은 업무 역시 '왜'라는 질문으로 시작했다. 내가 받은 첫 업무는 앱 스토어에 우리 플랫폼에서 연재 중인 작품의 일러스트를 메일로 전달하는 것이었다. 맞다, 정말 간단한 업무다. 그러나 나는 왜 앱 스토어에 우리 작품의 일러스트를 전달해야 하는지, 이번 한 번만 전달하는 것인지, 어떤 형식으로 전달이 필요한 것인지, 메일에 작성해야 할 사항이 있는지, 누구까지 참조로 보내야 하는지, 어떤 중요도의 업무인지 등 많은 게 궁금했다.

그리고 그 질문에 대한 답을 얻었을 때, 그 답들을 토대로 형식에 맞춰 자신감 있게 메일을 보낼 수 있었다. 이렇게 일을 맡을 때부터 세세하게 설명을 들었기 때문에 그 후 몇 년간 매달 반복되는 업무에도 별도 문의 없이 장기적으로 스스로 판단하고, 보고하고, 안정적으로 진행할 수 있었다.

'왜'라는 궁금증은 비단 개인 업무에만 해당되는 것이 아니다. 때는 첫 기획전을 맡게 된 몇 년 전, 파트장님이 몇 주간의 휴가를 떠나기 전이었다. 복귀하면 논의해 보자며 여름 기획전의 기획을 맡아보라는 업무를 내려주었다. 언제(여름 방학), 어디서(플랫폼 앱), 어떻게(여러 작가님이 참여하는 기획전 형식), 어떤 컨셉(8월 8일 고양이의 날에 고양이 컨셉)으로 어떤 목적(독자들의 유입률 증가)으로 기획하면 된다고 나름 세부적으로 설명해 주시면서 말이다. 그래서였다. 필요한 정보를 육하원칙에 따라 다 제공되었으니 더 이상 물어볼 것이 없다고 생각해 버리는 실수를 저지른 것이.

　육하원칙만 있을 뿐 그 외의 히스토리는 알지 못하기에 생각보다 많은 자유성에 의해 기획할수록 질문과 경우의 수가 많아질 뿐이었다. 회의 시간에 다른 PD들이 던지는 수많은 질문에 그저 모호하게 답하는 것이 최선이었다. 그렇게 스스로도 이 일을 하는 이유와 목적을 정확하게 알지 못한 채 그저 육하원칙만 채운 기획안이 완성되어 버렸다. 1) 여름방학에 2) 플랫폼 앱에서 3) 독자들이 매일 볼 수 있는 4) 고양이 컨셉의 기획 만화를 만들자는 정직하지만 매력 없는 이 기획안. 휴가에서 돌아와 기획안을 본 파트장님은 그때 분명 어디서부터 어떤 부분이 잘못되었는지 생각했을 것이다.

파트장님이 복귀한 후 그동안 다른 PD들에게 들었던, 그리고 기획하면서 생각했던 질문들을 와라라 쏟아냈다. 이 일의 시작 배경이 무엇인지, 더 세부적인 목표치가 있을지, 독자에게 전달하고 싶은 메시지가 있는지, 생각한 고양이 컨셉의 구체적인 방향이 있는지, 얼마의 예산이 있는지, 협업할 디자이너와 마케터가 있는지 등.

방학 기간에 플랫폼 독자들의 유입률이 높다는 것을 발견했다. 그렇다면 이번 방학 때 매일 유입할 수 있도록 유도하고, 월 목표로 잡은 MAU(Monthly Active Users, 한 달 동안 서비스를 이용한 사용자를 나타낸 지표)를 달성하기 위한 기획 웹툰이 필요하다.

이 답변을 듣고 나서야 그저 고양이만 나오는 웹툰을 기획했던 기획안에서 탈피할 수 있었다. 1318의 여성 독자가 많은 우리 플랫폼 특성을 생각할 때 여름 방학 때 매일 들어오게끔 하려면 아래와 같은 요소가 필요할 것 같았다.

- 기존 팬층이 많은 인기 작가
- 귀여운 고양이가 등장
- 고양이와 연결 지점이 억지스럽지 않고, 플랫폼과 연결할 수 있는 매개체 필요
- 경품이 담긴 출석 이벤트

이런 생각 끝에, 컨셉과 형식을 뾰족하게 다듬을 수 있었다.

고양이 편집자가 고양이의 날을 맞이해 웹툰 속 주인공들을 고양이로 만드는 흑마법을 부리는데… 마법에 걸린 주인공들의 이야기가 궁금하다면? 매일 12시 새로운 고양이를 만나보세요!

이렇게 컨셉이 정해지자 어울릴 작품을 선정하는 일부터 작가님들께 기획전 참여 제안을 위한 기획서를 만드는 일도 일사천리로 진행됐다. 기획전 표지와 이벤트 관련한 내용도 디자이너와 마케터에게 막힘없이 설명할 수 있었다. 그래서 짧은 기간임에도 불구하

고 컨셉과 목표가 분명한 이벤트로 완성되었다. 더불어 목표보다 300% 초과 달성되는 성과까지 얻을 수 있었다.

이렇게 질문의 유무에 따라 달려갈 방향에 대한 확신뿐 아니라 결과도 다르기에 오늘도 다시금 질문할 수밖에 없다.

"이 일은 왜 해야 하는 건가요?"

회고하는 법과 효과

'이건 꼭 회고해야지!'

2주 간의 단기 프로젝트를 끝낸 후, 느낀 점과 배운 점이 많이 있었기에 회고를 통해 이 생각들이 휘발되지 않도록 해야 했다. 그런 내게 돌아온 동료의 말. "그런데 회고는 어떻게 해야 되는 거예요?"

그랬다. 이제 습관이 되어 내겐 회고가 너무 당연하고 자연스러운 일인데, 회고를 하지 않았던 이에게는 회고 자체가 낯설었던 것이다.

처음 회고했던 날이 생각난다. 전 세계 종합 스포츠 대회 시기를 맞아 스포츠 웹툰들이 연이어 연재되는 기획전을 편집부에서 기획, 운영했다. 마지막 화가 업로드되고 프로젝트가 끝난 줄 알았는데, 회고라는 과제가 남아 있었다. 이를 위해 프로젝트를 진행했던 PM은 새 페이지에 기획전의 시작 배경과 목표 수치, 진행 기간, 비용, 역할 분담 등을 작성하고 목표 대비 정량적, 정성적 결과를 기입하였다. 그럼 PM을 제외한 동료들은 각자 담당했던 업무를 담당으로 기획전을 준비하는 몇 개월 동안 느꼈던 좋았던 점과 아쉬운 점을 적으면 된다. 처음에는 이게 무슨 도움이 되는지, 왜 해야 하는지 알지 못하고 그저 하라기에, 모두에게 주어진 업무였기에 나 역시 따라 했을 뿐이었다.

그때는 몰랐다. 이 회고 기록이 몇 개월 후 내게 큰 도움이 될 줄은.

몇 개월 후

"산타님, 작년 겨울에 진행했던 스포츠 기획전 기억나시죠? 올해 여름에는 고양이 기획전을 해보면 좋을 거 같은데 이번에는 산타님이 프로젝트를 진행해

주시죠!"

갑작스러운 파트장님의 말에 흔들리는 눈동자를 부여잡고 한껏 열의를 끌어올리며 알겠다고 대답했다. 그동안 누군가의 업무 지시에 따라 돕는 역할만 하다가 혼자서 기획부터 운영까지 다 진행해야 하는 PM이 되어 보니 당장 무엇부터 시작해야 할지 막막했다. 새하얀 백지상태였던 내게 떠오른 사실 하나.

'맞다! 작년 기획전 회고 페이지가 있었지?'

지난 기획전에서 좋았던 점을 확인해 보니 매일 연재한 덕분에 유입률이 증가하였고, 아쉬웠던 점은 외부 유명 작가를 섭외했으나 정작 우리 플랫폼 독자들에게는 낯설게 느껴져 반응이 저조했다. 게다가 이벤트가 없어서인지 앱 안에 홍보 배너를 띄웠음에도 유입률이나 에피소드에 대한 댓글이 적었다. 게다가 2개월이라는 준비 기간도 촉박했다. 이 회고 내용을 바탕으로 새 기획전에는 좋았던 점은 살리고, 아쉬웠던 점은 보완하는 방향으로 기획을 잡기만 하면 된다!

그래서 좋았던 점이었던 '매일 연재' 형식으로, 아

쉬운 점들을 아래와 같이 보완했다.

1. 외부 유명 작가 섭외 ▸ 내부 인기 작가 섭외
2. 이벤트 × ▸ 출석 도장 및 랜덤 팝업 클릭 유도 이벤트
3. 댓글, 연속 유입률 저조 ▸ 인기 작품 주인공의 고양이화로 귀여움 요소 확보 및 마지막 장면에 다음 화 작품에 대한 힌트를 주어 댓글과 매일 유입률 고조
4. 준비 기간 2개월 ▸ 준비 기간 3개월

그 결과, 목표 대비 300% 초과 달성이라는 좋은 결과를 얻을 수 있었다.

처음 PM을 맡았는데도 불구하고 높은 성과를 얻을 수 있던 것은 이전 선례가 회고로 잘 정리되어 있었기 때문이라고 확신한다. 이로 인해 시작 단계부터 헤매지 않았고 좋았던 점은 유지하되, 아쉬운 점은 보완하는 방향으로 안정적인 결과를 위한 기획이 가능했기 때문이다.

그걸 알게 되었기에, 좋은 결과를 보고 끝나는 것이

아닌 나 역시 새 창을 열어 회고를 시작한다.

회고하는 법은 간단하다. 아래 요소들에 대한 답을 PM이 먼저 쓰고 함께 일했던 동료들에게도 느낀 점을 적어 달라고 한다. 그리고 감사 인사를 추가한 회고 내용을 우리 부서에 메일이나 타운홀*로 공유하면 끝!

구성원 전체 회의이다.

[회고에 필요한 요소]

- **정량적**(결과), **정성적**(느낀 점) **회고**
- **시작 배경 및 목표 나열**
- **준비 및 운영 기간과 과정별 업무와 역할 분담 나열**
- **목표 달성률, 그외 추가할 성과나 알게 된 사실 혹은 참고와 공유할 만한 사항을 글과 이미지로 나열**
- **담당자들의 후기**(좋았던 점, 아쉬웠던 점, 다음에 시도할 점) *

PM으로서 프로젝트에 도움을 주었던 동료들을 한 명, 한 명다 잊지 않고 감사 인사하기가 마지막 할 일임도 잊지 말기!

두려움을 설렘으로

그럴 때가 있지 않은가? 처음 해보는 일에 막막해 포기하고 싶을 때. 자신이 없어 도망가고만 싶어질 때 말이다. 나는 많았다. 그럴 때 피할 수 있으면 다 피하며 살아오던 나였다. 지금이 딱 그런 순간이다.

"산타님이 이번 타운홀에서 발표를 맡아줬으면 해요!"

학교에서와는 달리 직장에서는 도망칠 길이 없는 걸 직감적으로 느끼게 된 이 순간, 내가 할 수 있는 말이라곤 그저 이 말뿐이다.

"넵!"

어릴 때부터 내성적인 성격으로 모든 사람이 내 혈

액형을 A형이라 맞출 정도로 남 앞에 나서는 것을 어려워하고 부끄러움에 얼굴부터 붉히던 내가 몇십 명 앞에서 발표라니! 파트장님의 온화한 미소 앞에 도저히 못 하겠다는 말이 나오지 않았다. '에라, 모르겠다 어떻게든 되겠지!'

발표의 목적은 간단했다. 내가 기획하고 실행했던 '작가 대상 설문 조사'의 결과를 알려주며 연말인 만큼 수고한 동료들에게 힘이 될 주관식 답변들을 들려달란 것이다. 한편으로는 정해진 가이드가 세세하지 않아 자유로우면서도, 다른 한편으로는 그래서 막막하게 느껴졌다.

입사 후 파트가 아닌 부서 전체에 공유하는 첫 발표였기에, 다른 분들의 발표를 참고해야 하나 싶다가 돌고 돌아 결국 나답게 발표하기로 결심했다.

딱딱한 발표 자료 형식이 아닌 말랑말랑한 자료로 한 편의 이야기를 듣듯이 PPT를 구성하기로 했다. PPT에 설문 조사의 배경과 결과 그리고 동료들이 보면 힘이 날 만한 주관식 문장들을 배치하고, 시작 페이지와 중간, 마지막 페이지를 웹툰 장면을 인용하여 귀엽고 자연스럽게 다음 주제로의 장면 전환이 되도록 구성하는 식이다. 사실 말을 잘할 자신이 없어, 눈에 보이는 자료에 힘을 쏟은 것도 사실이다.

대본 역시도 내가 하고 싶은 말을 가득 담았다. "이 설문 조사는 이런 목적으로 시작되었는데, 결과가 이렇게나 좋았어요. 이건 다 여러분 덕분이랍니다. 너무 자랑스럽고 올 한 해 고생 많으셨어요! 미리 새해 복 많이 받으세요"까지 하고 싶은 말을 발표를 통해 마구 집어넣는 식으로 구성하고, 연말에 하는 타운홀인 만큼 마지막 페이지 구성은 바다 위에 새해가 떠오르고 있고 그 안에 플랫폼 로고를 합성하는 식으로 새해 복 많이 받으라는 문구를 엽서처럼 디자인하여 구성했다.

이렇게 나름 만반의 준비를 다 했음에도 발표 시간이 다가오자, 심장이 쿵쾅거리고 손이 덜덜 떨렸다. 이때 내가 할 수 있는 일이라곤 그저 '에라, 모르겠다'라는 마음가짐뿐! 그나마 다행인 것은 코로나로 인해 타운홀이 화상회의로 진행된다는 점이었다.

그래서 노트북 한편에는 발표 대본을 적은 메모장

을 켜두고, 다른 한편에는 화상 회의에 준비한 PPT 자료를 공유하며 그동안 수없이 되뇌었던 대본을 읽어 내려갔다. 부문장님까지 와서 듣는다는 말에 더 긴장해서 발표 자료 위에 작게 보이는 동료들의 얼굴을 차마 보지 못하고 약 5분간의 발표를 마치고 나서야 확인한 채팅창에는 예상치 못한 반응들이 가득했다. 서비스와 동료들에 대한 애정이 가득한 발표와 귀여운 발표 자료에 채팅으로 너도나도 할 것 없이 웃고 칭찬하는 모습에 놀라 그제야 눈을 굴려 동료들의 모습을 좇았다. 동료들은 함박 웃음을 지으며 나를 사랑스러운 눈으로 보고 있었다.

소심하고 낯가리는 성격에 발표는 못 한다고 못 박고 스스로 자신 없이 몇십 년을 지내왔던 내게, 이 발표를 통해 동료들의 환호와 박수는 그동안 나를 가둬둔 틀을 깨게 해주었다.

그래서였을까? 이번에는 오프라인 발표를 해달라는 요청이 왔다! 게다가 이번에는 몇십 명이 아닌, 백여 명이 보는 온라인 간담회 발표였다. 부담감이 앞섰다. 하지만 나뿐만 아니라, 모든 PD가 MC 혹은 발표자로 역할을 분담하는 상황이었기에 차마 못 한다고 발을 뺄 수는 없었다. 설상가상으로 발표자들이 하나둘 연이어 코로나에 걸리면서 책임이 더 막중해졌다.

이럴 때 내가 할 수 있는 일은 마인트 컨트롤이다. 마음속으로 크게 외쳤다. 나는 할 수 있다, 할 수 있다, 할 수 있다!

'어쩌겠어, 해내야지'라는 생각으로 남은 기간 동안 PPT 내용을 채우고, 내게 주어진 약 7분의 시간이 알차도록 대본에 쓰기 시작했다. 그렇게 대본은 완성되었지만, 난생처음 서는 큰 무대인 데다 인생 최장 시간 발표를 준비하기란 쉽지 않았다. 만에 하나에 대비해 큐카드를 준비하지만, 그럼에도 7분간 무대에서 대본만 보고 읽을 수는 없으니 말이다.

대본 완성으로부터 2일 뒤에 시작되는 발표 일정에 새벽까지 대본을 외우고 속도를 맞추고 톤을 확인하려 녹음과 시선과 표정 그리고 제스처를 확인하기 위해 혼자 화상 회의에 접속해 연습, 또 연습했다. 그럼에도 대본이 외어지지 않을 때 정말 도망치고 싶었다. 벌써부터 발표를 망치면 어떡하지라는 생각에 막막하고 두려웠다. 그때 불현듯, 왜인지 모르겠지만 이런 생각이 들었다.

'남들 앞에서 발표하는 나, 좀 멋진걸? 잘할 수 있을 것 같아! 설레.'

꽉 막힌 것 같고 불안함에 두근거리던 모습조차도 이건 떨리는 게 아니라 두근거리는 거라고 생각을 전환하자, 그 생각이 사실처럼 여겨졌다. 그러자 불안함 대신, 잘할 수 있다는 자신감과 재미있게 잘 해보자는 기대감이 가득 찼다.

계속 불안하게 흔들렸던 눈은 반짝이며 빛났고, 표정에도 자신감과 활기가 생겼다. '할 수 없다'라는 생각이 아닌 '할 수 있다'라는 생각이 들자, 더는 두렵지 않았다. 그저 열심히 최선을 다해서 그 순간에는 편하게 즐기고 오자는 생각밖에 들지 않았다. 그제야 수동적이 아닌, 능동적으로 한결 편하게 그리고 즐거운 마음으로 나를 위해서 노력할 수 있게 되었다.

이렇게 생각을 바꾸는 것만으로도 두려움과 막막함에서 설렘과 기대감으로 자신을 속일 수 있다. 그리고 떨리면 떨린다고 솔직하게 말하는 용기를 가질 수 있게 된다. 나는 전문 발표자가 아니다. 예상외로 솔직하게 자신의 약함과 감정을 말할 때, 사람들은 나를 이해하고 더욱 응원의 말과 따스한 눈빛으로 답해주었다.

그렇게 7분간의 발표는 밤새 연습한 덕분에, 그리고 '실수해도 되고 본인들도 떨린다고, 실수하면 방송 사고인 척 음악을 틀어주겠다'라는 동료들의 말 덕분에, 할 수 있다며 앞자리에서 응원을 보내오는 동료들과 담당 작가님들이 실시간 채팅으로 보내오는 열띤 응원의 메시지에 나도 모르게 웃으며 후회 없이 준비한 말들을 다 하고 내려올 수 있었다.

일을 하다 보면 막막하거나 두려워 도망치고 싶은 순간이 있을 것이다. 그래서 내게 효과적이었던 방법을 공유해 본다. 바로 두려움을 설렘으로 바꾸는 마음가짐이다.

'이런 나 너무 멋진걸? 잘할 수 있을 것만 같아! 이건 두려운 게 아닌 설렘의 두근거림이야'라는 생각과 함께 "할 수 있다!"를 크게 삼창하면, 정말 할 수 있을 것 같고 정말 설레서 두근거리는 것과 같이 자신을 속일 수 있다. 누군가에게 응원이 되길 바라는 마음을 담아 용기가 필요한 순간, 도망치고 싶은 순간을 마주할 용기를 보내본다. "할 수 있다!"

PD를 믿어주세요

PD는 작품이 업로드되기 전 수정해야 하는 부분이 없는지 확인하는 존재다. 작가님의 스타일에 맞춰 피드백을 드리려 노력하지만, 여지없이 완강한 분을 만나면 참 어렵다.

그럼에도 불구하고 중요하다고 생각되는 부분에 대한 수정을 요청드렸던 날을 잊지 못한다. 바로 전화벨이 울렸으니까. "참 유난이고, 이런 PD는 처음이다, 어이없고 수정할 수 없다"며 화내는 목소리에 겉으로는 침착한 척했지만, 속으로는 얼마나 심장이 쿵쾅대었는지 모른다. 고슴도치처럼 가시를 바짝 세우며 찔러대는 공격적인 태도에 많이 놀라고 서럽고 울

커했다.

그때부터였다. 나도 모르게 소극적으로 변하게 된 것은. 잔뜩 위축되어 정말 꼭 필요한 오탈자와 잡티, 옥에 티 정도만 체크하거나 사실 이마저도 그분한테는 최소화하려 노력했다. 그럼 또 그 과정이 반복됐기에. 혹시나 또 가시 돋친 말들이 돌아올까 싶어 조심 또 조심하며 이어간, 아슬아슬 외줄타기처럼 그분과의 소통은 정말 힘들었다.

작품별로 작가님별로 작업 스타일이 있어서, 원고 확인 시 각 작품마다 주요하게 보게 되는 체크 포인트가 다르다. 대사가 너무 길거나 오탈자가 많거나 혹은 옷의 무늬나 액세서리 등의 디테일이 바뀌거나 마지막 장면의 임팩트가 약하거나 등. 함께 작업하면서 몇 화 동안 공통적으로 발견했던 부분 위주로 이번 원고에서도 동일하게 수정해야 할 부분이 없을지를 확인하는 것이다.

이게 일이기에 PD로서 발견한 부분을 공유드릴 수

있음에 감사하다. 가끔 손댈 것 없이 완벽한 원고를 보면 놀라면서도 해드릴 말이 없어서 머쓱하기도 하다. 그럴 땐 좋았던 부분을 글로 담아 보낸다. 꼼꼼하게 다 확인해서 보내주신 그 마음이 감사하고 멋지기에.

갈수록 피드백이 적어져 결국에는 더 이상 피드백 드릴 부분이 없어졌던 작품의 작가님이 기억난다. 신기하게 위에 말한 공식과는 다르게, 화별로 공통적으로 드리는 피드백이 없는 작가님이기도 했다. 알고 보니 화별 피드백을 적어두고, 다음 화 작업 때 그 부분을 유의하며 같은 피드백을 하게 하지 말자며 작업했다고 한다. 놀라웠다! 이와는 반대로 매번 동일한 피드백을 드리게 되는 작가님도 있다. 맞춤법 교정을 위해 컷별로 캡처본을 공유하다 보니, 한 메일에 들어갈 용량을 초과하게 되어 연이어 메일을 보냈었다. 반복되는 맞춤법 검사 요청에도 지켜지지 않는 상황이 몇 달간 지속되자 나 역시 매번 한 컷, 한 컷 다 짚어주는 행위를 멈추었다.

"약속된 기한이 지났는데 언제 완성될까요?"

며칠째 오지 않는 작가님의 답장을 기다리거나, 아무리 여러 번 언급해도 맞춤법이 맞지 않아, 빨간펜 선생님이 되기도 한다. 이렇게 마치 PD가 끌어가는 듯한 수동적 형태이거나 '내 작품 한 끗도 건드리지 마!' 같은 태도의 작가님과는 도저히 다음 작품을 함께 할 엄두가 나지 않는다. 계약부터 완결까지 2인 1조로 같은 곳을 향해 함께 응원하며 달리는 러닝메이트라고 생각했는데, 나만 그렇게 생각함을 느낄 때가 있다. 분명 같이 시소를 탔는데, 무게 중심이 현저히 달라 아무리 노력해도 움직이지 않는 모습은 말과 글에서 드러나니까.

이렇게 선을 지키던 어느 날, 다른 작가님에게 조심스러운 연락이 왔다.

"피드백을 주시지 않는 게 정말 피드백이 없어서일까요? 혹은 제가 기분 나쁘지 않도록 하기 위한 배려일까요? 저는 완벽한 원고라고 생각되지 않아서 PD님의 의견이 듣고 싶거든요!"

깜짝 놀랐다. 정말로 수정 요청할 부분이 없어서 늘 이번 화도 너무 좋았다는 말을 반복하여 드렸던 작가님이었다. 자기 작품에 대한 애정과 발전에 대한 열정이 느껴졌다. 그래서 작가님과 작품에 도움이 될 피드백 방법에 대해 잔뜩 집중하고 들떠 논의했다.

작가님이 PD를 통해 편집자의 시선으로 듣고 싶고 알고 싶은 부분이 있다면, 매화 원고 완성을 알리는 메일에 함께 보내달라고 말씀드렸다. 그리고 나는 그 방향대로 피드백을 드리는 형식으로 작품을 더 적극적으로 함께 고민하는 사이가 될 수 있었다.

PD란 그런 존재다. 작품이 더 잘 되길 바라는 마음에 원고를 여러 번 보고 조심스레 의견을 정리하는 존재. 그리고 작가님과 함께 머리를 맞대어 고민한다. 연재라는 길의 시작부터 완주까지 함께 옆에서 발맞춰 달리는 존재인 PD를 잘 활용해 주고 믿어주길 바란다.

잘 거절하고, 잘 이별하는 법

#잘 거절하기

띠링- 하고 울리는 메일 알림음.

차기작*에 대해 반려 회신을 드렸던 작가님이 새로운 작품으로 다시 문을 두드렸다. 지난번에 죄

> 경력 작가의 다음
> 작품을 말한다.

송한 마음을 가득 담아 반려했던 터라, 제발 이번에는 매력 포인트가 많은 작품이길 바라며 두근거리는 마음으로 원고를 살펴보았다.

어라? 확실히 이전과는 다른 캐릭터, 내용, 장르인 것은 맞다. 다만 재미가 없다! 여기서 '재미'란 비단 개 그 요소만을 말하는 것이 아니다. 독자의 눈길이나 마음을 사로잡을 수 있는 장르적 재미, 응원하고 싶게 만드는 주인공, 서브 캐릭터의 매력, 다음 이야기가 궁금해지게 만드는 이야기와 연출 등이다. 이 중 어느 하나라도 눈에 띄면 PD는 부족한 부분을 보완하여 완성도를 높이며, 편집 방향을 고민하여 독자들에게 어필할 수 있도록 구상한다.

발전시켜 보고 싶은 작품을 발견하면 편집부를 설득하고 작가님과 발전시키는 과정을 거치게 되는데, 이 과정에서 자연스레 함께 좋은 작품을 만들어나갈 미래까지 상상해 본다. 이렇게 함께할 과정이 벌써부터 설레고 얼른 독자들에게도 보여주고 싶은 작품을 만날 때 행복하다.

PD에게 가장 어렵게 느껴지는 작품은 단순하다. 바로 글과 그림이 모두 '무난한' 작품. 세상에는 웹툰뿐 아니라 드라마, 영화, 애니메이션, 유튜브, 책, 음악, 게

임 등 재미있는 콘텐츠가 너무나도 많다. 독자들은 퇴근 후, 혹은 하교 후 지친 하루를 보상받기 위해 소파에 누워서 무엇을 볼지 고민한다. 이 많은 콘텐츠 중에서 웹툰을 선택한 독자는 얼마나 될까?

그게 끝이 아니다. 웹툰 플랫폼 안에는 몇백 개의 작품이 다시금 선택을 기다리고 있다. 네모난 작은 휴대폰 안에, 네모난 작은 웹툰 섬네일들. 이 중 독자의 눈길을 사로잡기 위해 다들 각자의 매력을 제목과 그림으로 열심히 어필할 수밖에 없는 것이다. 그렇기에 무난한 작품은 경쟁에서 살아남기가 힘들다.

혹시 '내가 보지 못한 매력 포인트를 다른 PD들은 알아봐 주지 않을까?'라는 작은 희망을 가지고 편집부 회의에 원고를 가지고 간다. 그들의 입에서 나오는 말이 마치 내 생각을 읽은 듯이 똑같다는 걸 확인하면 이제 내가 담당 PD로서 해야 하는, 하지만 가장 하기 싫은 일을 해야 하는 순간이 온다.

늘 다정하게 좋은 말만 하고 싶은 나이기에, 거절의 말을 하는 것이 참 어렵고 마음이 무겁다. 막막함과 어려움에 키보드에서 손이 떨어지지 않을 때는 다른 PD님의 사례를 참고해서 여기저기 복사해 붙여 넣어 내 생각이 아닌 다른 이들의 말을 빌려 메일을 보내곤 하였다. 다만 이제는 그 템플릿화된 메일로는 내 마음이 전혀 편해지지 않다는 걸 깨달았다. 그래서였다. 같은 내용의 거절 메일이 아닌, 작품에 대한 아쉬움과 연재하지 못하는 상황에 대한 죄송함을 세심하게 한 글자, 한 글자 진심을 담아 몇 시간 동안 메일을 쓰게 된 것은.

작가님, 안녕하세요!
소중한 작품, 편집부에서 면밀히 검토 후 회신 드립니다.
잘 다뤄지지 않는 동물로 설정해 주셔서 흥미롭고 캐릭터부터 배경까지 촘촘히 기획해 주신 점이 다른 PD님들의 눈에도 보여졌다고 하더라고요! :)
다만, 송구스럽게도 해당 작품으로의 후속 진행은 어려운 상황을 공유드립니다.
작품을 보고 난 후에 재미 혹은 감동 등 작품만의 감상이 느껴져야 하는데 그 점이 부재하여 아쉽다는 의견들을 주셨어요. 작품을 통해 주고 싶은 메시지, 독자가 어떤 감정을 느끼길 원하시는지가 보이지 않고 이입, 매력 포인트를 찾기 어렵다는 의견들을 주셨습니다.

이후 작품 구상 시 참고가 되실까 싶어 아래와 같은 내용들을 공유드려 봅니다.

계속 컷툰을 제안 주셨었는데, 가볍고 귀여운 컷툰을 희망하실 경우에도 귀여운 캐릭터들이 정말 많은 현시점이기에 그 캐릭터들과 비교했을 때도 대중적으로 귀여우면서도 해당 캐릭터만의 개성(작화, 특징)도 분명히 보여져야 한답니다. (…)

기다리셨을 텐데 긍정적인 결과를 회신드리지 못해 마음이 무겁습니다. 내용의 확인을 부탁드리며 언제든지 궁금하신 점이 있으시다면 연락 주시길 바랍니다.

다시 한번 소중한 작품 보여주셔서 마음 깊이 감사드립니다!

그저 거절의 메시지만 담는 것이 아니라 투고한 작품의 어떤 부분이 좋았는지, 그럼에도 불구하고 왜 후속 진행이 어렵다고 결정되었는지도 상세하게 적으며 마음을 담는다. 그래야 작가님도 이후에 작업할 때 조

금이나마 방향을 잡기에 도움이 되지 않을까 하는 생각에, 더불어 작가님도 많은 시간과 노력을 들여 고민하면서 만들었을 작품임을 알기에 내가 할 수 있는 한 응원하는 마음을 메일로 담아본다.

#잘 이별하기

"서비스를 종료합니다."

모든 건 이 한마디로부터 시작되었다. 그날따라 날이 좋았다. 재택근무를 하다 오랜만에 회사로 출근했고 디자이너, 개발자, 마케터, 기획자, IP 매니저, PD들이 한자리에 모여 안부를 물으며 와자지껄했다. 그러나 이윽고 들려온 한마디에 찬물을 끼얹은 것처럼 순식간에 회의실이 조용해졌다.

만우절도 아닌데 이게 무슨 말이지? 믿을 수 없는 말에 다른 동료들을 쳐다보면 눈물이 쏟아질 것 같아 죄인처럼 고개를 푹 숙이며 어디서부터 무엇이 잘못되었는지 생각했다.

그러나 눈물만 흘리고 있기엔, 이 상황에서 내가 온전히 슬퍼하기에는 시간이 없었다. PD로서 가장 먼저 해야 할 일은 작가님들께 언제, 어떻게 말씀드릴지를 고민하는 일이었다. 우리보다 더 놀랄 것이기에 작가님들께 보낼 안내 메일부터, 작가님들이 물어올 예상 질문에 대한 답변을 나부터 알고 있어야 하기에.

그날부터 매일 회의하며 각자의 자리에서 각자의 역할에 최선을 다했다. 사업파트는 작품들을 다른 곳에서 다시 볼 수 있도록 타 플랫폼과 소통 후, 그 작품들의 계약과 후속 관리를 좋은 조건으로 잘 관리해 줄 수 있는 이관처도 찾아 작가님들의 의사를 확인하고 작품을 이관하는 작업에 매진했다.

이에 맞춰서 편집부는 작품들의 계약이 서비스 종료일에 맞춰 해지될 수 있도록 해지 합의서를 작가님들께 전달해 드리고 조기 종료를 원하는 분들께는 희망 일자에 맞춰 빠르게 계약 해지부터 서비스에서 작품이 내려갈 수 있도록 돕는 작업을 진행했다.

연재 중인 작품들의 완결에 문제가 생기지 않도록

서비스 종료 시점은 10개월 후로 정해졌다. 그렇기에 오히려 론칭 전인 작품들이 고민되었다. 지금 당장 연재를 시작해도 완결까지 내기에는 기간이 촉박하고 이런 방향이 작가님과 작품에 좋지 않은 방향이란 것을 알기에 계약 해지를 통해 다른 곳과의 기회를 열어드리는 방향으로 결정되어 해지를 말씀드려야 하는 상황이었다. 작가님께 메일을 보내자 당황스러워하거나 날 선 반응의 답장들이 화살처럼 빠르게 되돌아왔다.

그저 죄송하다는 말밖에 할 수 없기에 모든 메일에는 죄송하다는 말이 가득했다. 그렇다고 너무 우는 표시를 가득 담으면 이 마음이 자칫 가볍게 보일까 싶어 그조차도 어려웠다. 며칠째 메일을 썼다, 지웠다만 반복했다. 그동안 감사 인사만을 전했기에 커뮤니케이션을 웬만큼 잘한다고 생각했는데, 이 시기에 그런 생각이 사라졌다. 사과를 전하는 법은 알지 못했기에 그저 죄송하다는 말밖에 못 하는 내가 답답하고 싫었다. 과연 이게 최선일까? 작가님들이 원하는 것은 이게 아닐 텐데. 사과한다고 이 사실이 달라지는 게 아닌

데. 그럼 나는 이분들에게 어떤 걸 드릴 수 있을까. 조금이라도 마음이 풀어지고 도움이 되려면 어떻게 해야 하는 걸까.

이 생각으로 서점에 있는 커뮤니케이션 관련된 책을 모조리 찾아 '사과'와 '죄송'이라는 단어가 담긴 내용들을 다 찾아서 읽었다. 어떻게 해야 이 죄송한 마음이 제대로 전달될 수 있을까.

책을 읽으면 읽을수록 내 상황에 알맞은 답을 찾기 어렵다는 걸 알았다. 그래서 책이 아닌 사과를 전해야 할 작가님들을 향해 시선을 돌렸고 그분들의 입장에서 고민하기 시작했다. 이런 상황에서 필요한 것이 무엇일까? 내가 작가라면 담당자에게 어떤 말을 들어야 진심으로 위로와 도움이 담긴 말이라고 느껴질까. 이 생각 끝에 그저 죄송하다고만 말하던 행위를 멈췄다.

죄송하다는 마음과 더불어 그동안 작가님과 함께 이 작품을 만들어가면서 느꼈던 작품만의 매력과 강점에 대해 한 글자씩 적어 내려갔다. 작가님을 통해 느끼고 배웠던 좋은 영향력에 대해서도 함께. 이렇게 메일로 작별 인사를 할 수밖에 없는 상황이지만, 좋아하던 작품을 내가 담당해 기뻤던 순간, 독자들에게 선보이기 위해 준비했던 설렘, 열정적으로 피드백을 주고받으며 작가님과 한마음이 되었던 과정 등, 그 모든 과정에서 느꼈던 점을 메일에 작성했다. 그렇기에 더욱 끝까지 함께하지 못해 아쉽다는 말과 작가님의 다음 스텝을 응원한다는 말도 담았다. 앞으로 작업하는 데 도움이 되길 바라는 마음으로 여러 지원 사업과 작품의 강점을 공유하며, PD로는 함께하지 못하지만 이제는 1호 팬이자 애독자로 작가님과 이 작품을 응원하겠다는 말로 안녕을 고해본다.

PD에서 작가가 되어 보니
알게 된 것

    PD로서 그간 여러 작가님과 함께했기에, 작가님들을 잘 이해한다고 생각했다. 그러나 직접 글을 써보니 새롭게 알게 되는 점이 많아 놀랐다. 이제야 작가님들이 마감을 어려워하는 이유와 왜 내게 힘이 된다며 감사 인사를 하는지도 알게 되었다.

피드백의 힘

    글을 쓰는 작가가 되어 보니 내가 쓴 글에 대한 반응과 피드백이 간절했다. 처음 글을 쓰는 만큼 갈 길을 몰라 방황하기도 하고 이게 맞나 싶어서, 물어보고 의논하고 발전시키고 싶은 마음에. 그래서 피드백을 줄 수 있는 상대들을 찾아 나섰다. 우선은 스터디를 통해, 그리고 브런치스토리를 통해 온·오프라인으로 내 글을 공유하고 댓글들을 보며 독자들이 있어 힘이 나고 반응을 보고 싶은 마음에 다음 글을 쓰기도 했다.

피드백에는 정답이 없고, 정석이 없기에 다른 이들의 피드백을 보고 오히려 PD로서 인사이트를 얻기도 했다. 예를 들어 나도 모르게 자주 사용한 '기쁜 표정'이라는 단어를 보고 다른 스터디원분이 "기쁨에도 여러 가지 표현이 있을 것 같아요! 살짝 들떠있는, 설레는, 따뜻한 표정으로 서로를 바라보는 등등. 산타님이 기쁠 때는 어떤 느낌의 표정이 될까요?"라고 피드백을 남겨줬는데, 이 피드백을 통해 내가 '기쁘다'라는 말을 자주 사용한다는 것과 더 다채롭게 표현할 수 있겠다는 것을 깨달을 수 있었다.

반대로 구체적인 예시나 해결책 없이 "이대로는 어려울 것 같은데, 매력적이지 않다며" 의지를 확 꺾어버리는 피드백도 있었다. 이렇듯 피드백을 어떻게 하는

지에 따라 글이 더 다채로워질 수도, 매력을 잃을 수도 있음을 알게 되었다.

응원의 힘

나는 '멋지다'라는 말을 듣는 것을 참 좋아한다. 그 말이 나를 나아가게 하는 원동력이 되고, 지칠 때 포기하지 않는 이유가 되기도 할 만큼.

'산타님의 이야기가 궁금해요, 글로 보여주세요'라고 말해준 독립서점 사장님 덕분에 글에 대한 용기를 얻었고, 주 1회 스터디를 통해 저녁 내내 글을 쓰고 오는 내게 매번 '일하고 피곤할 텐데 글을 쓰는 당신이 멋지고 대단해'라고 말해주는 남편 덕분에 1년간 글을 쓸 힘을 낼 수 있었다.

좋아하는 업과 플랫폼에 대한 이야기를 써서 책으로 널리 오래 기록해 두고 싶다는 내 말에 '산타님은 할 수 있을 것 같아요, 화이팅!'이라며 만년필을 선물해 주는 동료 덕분에 출간 계약까지 올 수 있었다.

그리고 반짝이는 눈으로 내 글과 나를 귀하게 여겨 주는 출판사 대표님과 에디터님을 만난 덕분에 확신과 힘을 받아 글을 써 내려갈 수 있었다. 누군가의 응원이 아니었다면 나는 글을 시작할 용기도, 계속 쓸 힘도, 투고할 노력도 할 수 없었을 것이다. 그래서 나도 주변 사람들이 하고 싶은 것을 말할 때 걱정이 아닌, 어쭙잖은 조언이 아닌, 그저 멋지다 "멋지다, 잘할 수 있을 거야" 라고 응원해 주는 사람이 되고 싶다. 그게 얼마나 큰 힘이 되는지를 아니까.

마감의 힘

마감을 지키는 작가님들의 대단함을 글을 쓰며 다시금 느꼈다. 마감일에 약속한 분량을 완성한다는 것은, 매일 꾸준히 책상 앞에 앉아 노력했다는 걸 의미한다.

마감 기한이 있어서 좋은 점은 어쨌든 그날까지는 완성을 해내야만 한다는 점이다. 비록 지키지 못한 적이 많지만, 기한이 다가올수록 그 부담감에 약속한 분량을 채우려 노력할 수밖에 없다. 만족스러운 결과물은 아닐지라도, 마감일이 있기에 작업을 시작하고 끝낼 수 있음을 알게 되었다.

작가로 직접 마감을 해보니, 왜 작가님들이 마감을 지키지 못한 적이 많은지, 그 이유를 설명하기 어려울 때가 많은지도 알게 되었다. 작가님마다 작업 스타일이 다를 텐데, 나의 경우 안타깝게도 마감일이 다가와야 글이 써지는 타입이었다. 마감이 주는 그 압박감으로 하루에 2, 3개씩 글을 쓸 수 있는 능력도 발견했다. 그러나 내 컨디션과 상황은 계획대로 흘러가지 않는다. 그래서 며칠 혹은 한 주를 미룰 수 있는지 출판사 에디터님께 연락드리곤 했다.

창작이란 게 참 어렵다고 느껴지는 게, 처음 글을 쓸 때는 처음이어서 어떻게 얼마나 써야 할지 몰라 어려웠고, 중간에는 내가 잘 쓰고 있는 게 맞는지 확신이 들지 않아 어려웠다. 마지막에는 익숙해져야 하는데 오히려 번아웃처럼 글이 잘 써지지 않는 시기를 맞아 어려웠다. 그럼에도 이해하고 연기해 주고 기다려주고 응원해 주는 에디터님이 있어 오늘도 마감을 향해 글을 써 내려간다.

　이렇게 작가에 대해 생각하는 것과 직접 경험해 보는 것은 참 다르다. 그래서 작가를 더 잘 이해하고 싶은 PD라면 글을 써보길 추천한다. 스터디를 통해 마감과 피드백 그리고 응원의 힘까지 느껴보길 바란다. 그럼 창작의 고통과 마감의 어려움, 어떤 피드백이 좋을지까지 알 수 있게 될 것이다. 그리고 책을 좋아하는 이로써 바라는 것은 나뿐만이 아닌 다른 PD들의 이야기도 보고 싶은 마음에 바쁘더라도 퇴근 후 글쓰기로 나를 돌아보고 내가 업을 대하는 태도를 돌아보고 정리해 보는 시간을 선물 받기를, 그리고 그 글을 나도 책으로 볼 수 있는 날이 오길 기대해 본다.

웹툰 PD와 웹툰 작가를
꿈꾸는 당신에게

웹툰 PD를 꿈꾸는 당신에게

Q. 독자들의 니즈를 어떻게 파악하죠?

A. 웹툰을 볼 때 꼭 댓글을 확인하는 편입니다. 담당 웹툰 뿐 아니라 타 플랫폼 웹툰을 볼 때도 마찬가지죠. 시간을 내어 자판을 치는 수고를 하는 독자들이기에, 거기엔 이번 에피소드의 어떤 부분이 좋았고, 어느 부분에서 아쉬웠다 등 작품에 관한 관심과 애정 어린 마음이 솔직하게 담겨 있거든요. 독자들의 니즈를 알고 싶다면, 비단 웹툰만 보는 것이 아닌 콘텐츠 PD인 만큼 웹소설, 책, 드라마, 영화, 애니메이션 등 다양한 콘텐츠들을 보는 것을 추천해 드립니다.

바쁜데 언제 다 보냐고요? 때마다 SNS에서 혹은 주변 지인들과의 스몰토크 자리에서 자주 언급되는 인기 작품들이 있을 거예요. 그럼, 그 작품을 유튜브에서 요약본으로 보면 된답니다. 그때도 습관처럼 해야 할 일이 있어요. 바로 댓글도 함께 보는 것이죠. 그렇게 하면 시청자들이 어느 부분에서 어떤 감정을 느끼는지를 알 수 있어요. PD인 나의 관점과는 다른 생각을 볼 수 있어 새롭고, 사람들이 원하는 것과 원하지 않는 게 무엇인지에 대한 인사이트를 얻을 수 있어요.

예를 들자면, 연애 프로그램인 〈환승연애 2〉가 유명했기에 보았는데, 거기서 한 여성 출연자가 힘들어하며 자주 눈물을 보였습니다. 그 모습을 보고 시청자뿐 아니라 다른 출연자들도 그 출연자의 행복을 응원하고 위로하는 모습을 볼 수 있었어요. 그리고 그토록 힘들어할 때 거짓말처럼 멋진 새 남성 출연자가 백마 탄 왕자처럼 등장해 이 여성 출연자에게 마음을 직진하는 장면들이 나왔죠. 댓글들을 보니, "대본이 있는 거 아니냐, 드라마 같다, 이제 꽃길이 열린 것 같아 내가 다 속 시원하다, 설렌다"라며 이 극적인 상황에 더 격하게 환호하더라고요. 그때 알았죠. 상황이 힘들수록 응원하게 되고, 그래서 해피엔딩에 더욱 기뻐하게 되고 함께 설렐 수 있다는 것을요.

그래서 줄거리를 구상할 때 로맨스가 너무 평이하여 고민인 작가님께 예시로 이 사례와 함께 독자의 니즈를 충족시키기 위한 공감, 몰입, 극적인 포인트가 필요하다고 전달해 드리곤 했죠.

이 외에도 드라마에서는 실제 연애보다 꽉 닫힌 해피엔딩을 보고 싶어 한다는 걸 배웠고, 악역이 이해받고 용서받기보다는 드라마에서라도 사이다 같은 복수와 결과가 있어야 함을 댓글 반응을 통해 알 수 있었어요. 시청자들은 그 결말을 기대하며 매회 함께 달려온 것이죠. 그래서 작가님들이 전개 내용을 고민할 때, 저 역시 위와 같은 기준으로 답을 드릴 수 있었어요. 악역을 악역답게 활용하고, 로맨스는 해피엔딩으로 마무리될 수 있도록 말이죠.

그리고 각각의 캐릭터가 살아온 상황과 성격, 그래서 이루고 싶은 현재의 목표와 상황 등을 상세히 설정해 그 캐릭터가 입체감 있도록 그리고 독자도 이해하고 이입할 수 있도록 노력했어요. 독자가 주인공의 행복을 응원하고 싶게끔 말이죠.

이렇게 인기 콘텐츠를 보고, 사람들의 반응을 통해 사랑받고 인기 있는 이유를 확인하는 습관은 새로운 작품을 찾을 때도, 계약한 작품의 디테일한 요소를 발전시킬 때도 소중한 자산이 돼요. 그리고 문제의 해결책으로 사용될 수도 있고요.

내가 아는 만큼 작가님께 도움을 드릴 수 있기에 다른 사람들이 어떤 콘텐츠에 반응하는지, 그리고 왜 반응하는지 자연스럽게 궁금해지더라고요.

가끔 작가님들 중 자신이 좋아하는 장르가 아닌, 독자에게 인기 있는 장르로 준비하려는 분도 있어요. 그 마음을 알기에 더욱 마음이 쓰여요. 다른 장르를 잘할 것 같고 좋아하는데, 인기 장르에 맞춰 그림체부터 내용까지 바꾸려 노력하는 상황이 안타깝기만 하거든요. 그럴 때는 내가 기존 장르를 더 잘 알아서, 함께 잘 만들고 플랫폼 내 여러 이벤트나 홍보 기회를 노려 작가님의 원래 장르로도 충분히 인기 얻을 수 있다는 것을 보여드리고 싶은 마음이 들죠.

다만, 더 많은 독자의 반응을 보고 싶은 작가님의 마음도 알기에 PD로서는 작가님을 더 잘 알아가는 게 최선의 방법이라는 것도요. 작가님이란 사람을, 그리고 작가님이 좋아하고 잘

할 수 있는 그림체, 장르에 대한 이야기를 충분히 질문하고 알아가고 함께 고민하는 것. 그 안에 독자들이 좋아할 대중적인 요소들을 한 가지씩 추가해 보면 작가님도 독자도 좋아하는 방향으로 교집합의 크기를 키울 수 있을 테니까 말이에요.

Q. 작품 보는 눈을 기르고 싶은데, 어떻게 하면 될까요?

A. 웹툰 PD로서 작품을 보는 눈은 중요합니다. 비단 개인의 취향으로 끝나는 것이 아닌 다른 독자들에게도 그 매력과 강점이 잘 보여야 하기 때문이죠. 이를 위해 우선 동료 PD들과 리더들에게 내가 느낀 작품의 매력 포인트들을 잘 설명하고 설득하는 과정이 수반됩니다. 작품을 찾았고 앞으로 담당 PD로서 프로듀싱해야 하는 역할이기에, 더욱 누구보다 나 자신이 이 작품에 대한 확신이 있어야 다른 이들도 설득할 수 있답니다.

그렇다면, 이 확신은 어디서 어떻게 올 수 있을까요? 바로 내가 좋아하고 잘 아는 장르와 분위기, 특징을 가진 작품일 때 독자로서 PD로서 자신 있게 말하고, 더 간절하게 설득할 수 있습니다. 왜냐, 우선 내가 너무 재미있고 나와 같은 장르를 좋아하는 독자에게도 당연히 어필이 될 것임을 알기 때문이죠. 무엇보다 내가 이 작품을 놓치게 된다면 너무 아쉬울 것 같고요.

이런 확신을 가지기 위해서는 우선 내가 좋아하는 작품들의 공통점들을 생각해 보세요. 어떤 장르를 좋아하는지, 어떤 그림체를 좋아하는지, 어떤 분위기와 감정을 주는지 말이죠.

　제가 찾아보는 작품은 그림체가 화려한 작품보다는, 따스하고 포근한 그림체에 응원의 메시지를 담고 있는, 혹은 응원하고 싶은 캐릭터가 나오는 작품들이었어요.

　저는 귀여운 감성 힐링 장르 외에도, 로맨스 장르도 꾸준히 좋아했답니다.

　그중에서도 저는 궁중 로맨스를 정말 좋아했어요. 현대와는 다른 배경과 직접 체험할 수 없는 시대라는 점이 매력적으로 다가왔고, 한복과 한옥의 아름다움으로 더욱 서정적으로 다가오는 로맨스라 특별하게 여겨지더라고요. 그래서 플랫폼에 처음 입사하고 첫 작품으로 어떤 작품을 찾으면 좋을지 고민할 때, 플랫폼에서 로맨스 작품들이 인기 있는데 아직 궁중 로맨스가 없다는 점을 보고 생각했죠. 바로 이거다! 그렇게 찾은 작품이 바로 〈물망초 로망스〉입니다.

　내 취향의 작품을 아는 것도 중요하지만, 안목을 기르기 위해서는 비단 웹툰뿐 아니라 책, 만화, 애니메이션, 드라마, 영화, 예능 등 다양한 콘텐츠들을 즐기는 것을 추천합니다.

　시간과 여력이 없다면 지금 온·오프라인으로 유명하고 화제 되는 콘텐츠만이라도 유튜브 요약본으로 보는 것을 추천해 드려요. 이 작품이 왜 인기가 있는지 자신이 알고, 댓글로 다른 사람들의 의견도 참고하고, 무엇보다 이런 데이터가 축적되면 자연스레 인기 있을 콘텐츠와 요소에 대한 나만의 감이 생기게 돼요.

Q. 작업 기간은 얼마나 걸리나요?

A. 작가님의 작업 속도와 장르와 화별 컷 수에 따라 달라지 겠지만, 계약 후 론칭까지 약 4개월이 소요되어요. 계약 후 무 조건 4개월 후에 론칭해야 된다고 정해진 법칙이 있는 것은 아 니에요. 기존 담당 작품의 계약부터 론칭까지의 기간을 찾아 보니 평균 4개월이 소요되더라고요.

이 기간에는 매주 연재를 대비한 세이브 원고를 쌓고, 론칭 을 위한 일러스트 3종을(표지, 배너, 섬네일) 만들게 됩니다. 컷툰 과 스크롤 뷰, 단편과 장편 그리고 연재 주기에 따라 세이브 화 수가 다른데 최소 5화부터 최대 10화는 확보된 시점에 오픈될 수 있도록 한답니다.

오픈 시기에 맞춰 세이브 원고들이 잘 확보될 수 있도록 담 당 작가님의 작업 속도를 미리 확인하고 예상 작업 일정을 산 정해 본 후 부담 없을 일자로 정해 론칭일로부터 몇 달 전에 일 자를 공유하고 확인받곤 해요. 디데이가 정해진 만큼 무사히 론칭까지 할 수 있도록 작업 단계별 일정을 촘촘히 확인하고 옆에서 격려하는 일이 중요하답니다.

Q. PD로 취업하려면 어떻게 해야 하나요?

A. 사실 PD 취업의 정석이란 없다고 생각해요. 제가 아는 다른 PD분들도 모두 전공부터 경력과 이유까지 제각각이에

요. 그래서 이미 제 이야기는 앞선 페이지들에 많이 알려 드렸으니, 다른 인터뷰이를 모셔 왔습니다!

CJ ENM, 카카오웹툰, 만화경까지 웹툰 PD 경력 10년 차

뱁새 편집자님

안녕하세요. 저는 CJ ENM, 카카오웹툰, 만화경을 거쳐 약 10년간 PD로 웹툰 업계에 종사했습니다. 하지만 저는 우연한 기회로 운 좋게 여기까지 흘러온 사람이라서 지망생분들에게 감히 이야기를 드리는 게 맞을까 생각하기도 했지만, 제 경험 안에서 여러분께 최대한 도움이 될 수 있을 만한 이야기를 드려볼게요.

1. 모든 콘텐츠를 자주, 많이 보세요.

웹툰 PD를 꿈꾸는 분들이라면 대개 웹툰을 많이 보면 된다고 생각하는데요, 물론 틀린 생각은 아닙니다. 하지만 웹툰'만' 보는 건 오히려 기획력에 한계가 생길 수 있어요. 콘텐츠 업계에서 웹툰이 원천 IP로 많은 역할을 하는 만큼 소설, 드라마, 영화, 유튜브, 쇼츠 등 다양한 콘텐츠를 많이 보고 각 콘텐츠별 특성에 대해서 잘 파악해 놓는 게 중요합니다.

그리고 콘텐츠를 보면서 감상에만 멈추지 않고 분석하

는 능력을 키우는 것도 중요해요.

예를 들면 '이 장면은 이렇게 연출해 보면 더 좋지 않았을까?', '이 대사는 이렇게 바꿔 보면 의미 전달이 더 명확해지지 않았을까?', '이 장면은 몇 컷을 덜어냈다면 늘어지지 않았을 것 같은데?'와 같은 나만의 개선점을 찾아보는 훈련도 꾸준히 해보세요.

2. 좋아하는 장르를 만들어두세요.

좋아한다고 해서 무조건 잘할 수 있는 건 아니지만, 아무래도 좋아하면 더 잘 만들 확률이 높아지기 마련이잖아요. PD로서 좋아하는 장르가 있다는 건 곧 그 장르를 가장 잘 만들 수 있는 PD가 될 확률이 높아진다는 얘기거든요. 하지만 좋아하는 장르가 언제든 바뀔 수 있다는 생각도 같이하는 게 좋습니다. PD가 되어도 내가 원하는 작품만 담당할 수는 없는 시스템이기 때문에 외골수 기질이 너무 넘친다면 오히려 스스로 힘들어질 수 있어요.

3. 어떤 관계에서든 유연하게 소통하는 법을 익히세요.

웹툰 PD의 역량이라고 하면 흔히들 기획력, 창작력이 필요할 거로 생각하는데, 의외로 소통 능력이 가장 우선순위 역량이랍니다. 플랫폼과 작가님 사이에서 중간 역할을 매끄럽게 잘 해내야 하는 역할이거든요. 특히 작가님과 소통할 때 언어적 소통 못지않게 문자적 소통도 중요해요.

작품을 만드는 과정에서 대면 미팅, 전화, 메일을 통해 작가님과 셀 수 없이 많은 소통이 이루어집니다. 보통 메일로 소통하는 비중이 가장 큰데요, 메일 소통 시 주의점은 괜한 오해가 생기지 않도록 말의 의미를 명확히 전달해야 한다는 점이에요. 더불어 감정적 케어도 놓쳐서는 안 되죠. MBTI로 비유해보자면 T적인 능력과 F적인 능력이 모두 필요하다고 하면 이해가 쉽게 되시겠죠? 때문에 다독을 통해 문장력을 키우는 것도 중요한 준비 중 하나라고 생각합니다.

작가님이 작품을 통해 말하고자 하는 메시지가 최대한 발현될 수 있도록 돕는 게 PD의 가장 중요한 역할이라고 생각합니다. 그래서 작가님이 가진 장점과 개성을 잘 파악해서 작품에 녹이는 게 중요합니다. 이렇게 되기 위해선 작품과 PD인 나를 분리하는 연습이 필요해요.

실무를 하다 보면 무의식적으로 작품과 자신을 동일시하기 쉽거든요. 작품을 향한 비판의 댓글이 마치 나를 향한 비난처럼 느껴지는 거죠. 이렇게 됐을 때의 문제점은 페이스메이커의 역할을 잃게 된다는 점이에요. 여러분은 긴 마라톤에 참가한 선수(작가)의 페이스메이커가 되어야 합니다. 선수가 지칠 땐 옆에서 물도 주고, 보폭도 같이 맞춰주고 때론 채찍질도 해주면서 결승선까지 무사히, 좋은 성적으로 완주할 수 있도록 돕는 역할이 곧 PD라고 생각해요.

제 경험담이 여러분이 바라는 꿈에 한 발짝 가까워지는 데부디 도움이 되었기를 바라며 앞으로 펼쳐질 여러분의 마라톤을 응원하겠습니다.

웹툰 작가를 꿈꾸는 당신에게

Q. 내게 맞는 플랫폼은 어떻게 찾을 수 있나요?

A. 질문에서 '나'에 초점을 맞추어 대답해 보자면, 내가 평소 좋아하던 플랫폼일 가능성이 높을 것 같아요. 내가 그 플랫폼을 좋아하는 이유가 있을 테고, 그만큼 함께 할 때 만족도가 클 테니 말이죠.

플랫폼별로 작품의 특색이 다른데, 그로 인해 플랫폼 분위기와 어울리는 장르, 그림체가 있긴 합니다. 그래서 '제 작품이 이 플랫폼의 기존 결과 비슷해서, 플랫폼과 잘 어울린다고 생각해서 투고합니다'라는 이유를 담은 투고도 많이 들어오고요.

그러나 PD 관점에서는 그 작품보다 더 좋거나 혹은 독자나 PD에게 어필할 수 있는 다른 무엇인가가 보이지 않는 이상 이미 그런 그림체와 장르의 작품이 많기에, 한정된 구좌 속 비슷한 결의 작품을 또 들여올 이유가 없어요. 하지만 매번 그런 것은 아니고요. 한정된 구좌 속 그 장르와 팬층을 가져갈 작품은 계속 필요하므로 인기 작품의 완결이 다가오면, 그 요일의 팬층이 자연스럽게 유입될 다른 작품을 적극적으로 찾고 있기에 완.전.환.영하는 시기랍니다. 그렇기에 타이밍이 중요해요.

플랫폼 인기 작품들의 특성을 파악해서, 내 작품이 여기서 잘 어우러질지, 이 플랫폼 독자들이 좋아할 것 같은지를 고민해 보시면 답이 될 것 같습니다. 많은 플랫폼이 있어서 어디가 좋을지 모르겠다고요? 도전 만화에 자신의 작품을 꾸준히 올려보세요! 요새는 독자들이 어떤 플랫폼이랑 잘 어울린다는 댓글을 남기더라고요. 더불어 플랫폼과 에이전시 PD들이 신인 작가를 발굴하는 곳도 이곳이니, 생각지 못한 제안을 받을 수도 있는 통로랍니다.

또한 플랫폼뿐 아니라, 함께 할 PD 역시도 나와 맞으면 더 금상첨화겠지요! 짧게는 몇 개월 길게는 몇 년을 함께 할 러닝메이트이기에, 계약 전 메일과 미팅을 통해 이 사람과 내가 잘 맞을지, 함께 작품을 만들기 좋은 상대인지를 확인해 보세요. PD는 자신의 의견뿐 아니라 플랫폼의 이야기를 작가님에게 전달하고, 작가님의 이야기를 플랫폼에 전달해요. 더 나아가 작가님의 작품을 독자들에게 전달하는 역할이기에 나와 소통이 잘 되는 사람인지, 같은 방향을 말해주는 사람일지를 고민해 보는 거죠.

무엇보다 PD가 내 작품에 얼마나 관심이 있는지, 어떤 방향으로 발전시키길 원하는지, 나에게 어떤 태도를 보이는지가 중요해요. 그에 따라 작품의 방향과 작업하는 방식이 달라질 테니깐요. 내 이야기와 내 작품에 관심을 가지고, 귀 기울이고 나만큼 더 열의를 가지고 여러 좋은 아이디어를 주는 PD는 말과 눈빛에서 이미 다 드러나더라고요.

카카오웹툰 〈사랑에 번역앱이 필요한가요?〉, 〈이계막차〉,
만화경 〈물망초 로망스〉, 〈블루밍 멜로디〉,
네이버웹툰 〈북설애담〉 **휘요 작가님**

사실 내게 맞는 플랫폼을 찾는 방법은 직접 일을 해 봐야 알아갈 수 있었던 것 같습니다. 그만큼 긴 시간이 걸리고 쉽지 않은 과정이지만, 플랫폼이 좋아하는 스토리 전개와 연출을 가장 확실히 알 수 있었던 것 같았습니다.

직접 경험하는 방법이 아니라면, 가장 빠른 것은 그 플랫폼의 작품을 보는 방법 같아요. 플랫폼마다 원하는 스토리라인, 전개 방식이 있다고 생각하거든요. 전부 비슷하다고 생각할 수도 있지만, 직접 여러 플랫폼에서 연재해 보니 각 플랫폼이 추구하는 방향 차이가 조금씩 있음을 알 수 있었어요. 이 점을 파악한다면 연재 준비를 할 때도 많은 도움이 될 것 같습니다. 특히 플랫폼과 작가의 추구 방향이 같을 때, 연재 준비에 있어 도움이 많이 되는 것 같습니다.

* * *

Q. 매주 연재를 잘 대비할 수 있는 방법이 있나요?

A. 저 역시 매주 연재를 해내는 작가님들이 너무 대단하고 존경스럽답니다. 독자일 때보다 직접 옆에서 함께하니 더욱더 노고를 알게 되어 할 수 있는 게 응원뿐인 게 아쉽더라고요.

그래서 더 작가님들의 상황을 살피려고 노력하기도 하고요. 혹시나 마감 속도가 지속적으로 느려질 때는 어떤 이유가 있을지, 제가 도울 수 있는 부분은 없을지 말이죠.

관련하여 플랫폼 차원에서는 계약 후 작품의 론칭 전까지 안전장치를 마련하곤 한답니다. 저희 플랫폼에서는 계약 후 장르와 완결 화수와 담당 PD가 다르더라도 모든 작품에 동일하게 가져가는 작업 방식이 있어요. 그건 바로, 회차별 로그라인을 적어보는 작업입니다. 플랫폼에 투고 당시 전달 주신 기승전결 구조로 구성된 시놉시스를 계약 후에는 '기' 부분은 몇 화에서 몇 화까지, '승' 부분은 몇 화에서 몇 화까지 등으로 나눠보는 식이죠. 그 후 그 안에서도 회차별 어떤 이야기를 담을 것인지 한 줄 로그라인으로 담아 보아요.

예를 들어, '남주와 여주가 교문 앞에서 부딪힌다. 이상하게 종일 마주치는 둘, 얘 뭐야? 신경 쓰여'와 같이 짧게 장소와 인물과 상황과 감정 등을 적어주는 식으로요. 처음에는 이 작업이 낯설고 힘들게 느껴지지만, 연재 중반에 가서는 다들 '화별 로그라인을 정리해둔 덕분에 매화 어떤 에피소드를 그려야 할지 가이드라인이 되고 에피소드가 늘어지거나 산으로 가지 않아 좋아요'라며 입을 모아주시더라고요.

두 번째로는 론칭 전 완성 회차를 어느 정도 쌓아둘 수 있도록 작업 기간을 확보해 드리고자 노력합니다. 예상보다 작업 기간이 더 소요되거나 혹은 더 시기적으로 잘 어울리고 홍보에 효과적인 일정으로 론칭 일자가 앞당겨질 때도 있지만요. 매주 연재에 대비하기 위해, 계약 후 작가님이 작업 후 PD가 피드백을 드리고 그 내용을 반영한 완성본으로 만들기까지의 작업 기간을 처음에는 약 14일에서부터 10일, 7일로 점차 줄여나가는 연습도 하고요.

보통 화별 마감을 하는 편인데, 2화분 혹은 4화분을 한 번에 전달 후 피드백을 받아 마감하는 방식을 제안하고 시도해 보시는 분들도 있었어요. 이 경우 콘티 단계와 펜 선 단계 그리고 채색 단계와 일괄 피드백 반영하여 완성하는 단계를 한 번에 할 수 있다는 장점이 있고, 더불어 작업 기간의 확보로 인해 주말과 휴식 기간을 조금 더 붙여서 길게 쓸 수 있다는 장점이 있다 하더라고요. 그래서 저도 매주 연재 특성상 주말을 온전히 쉬기 어려우실 것 같은 작가님들에게, 작업 마감에 부담이 되어 보이는 작가님들에게 화수별 매주 마감이 아닌 화수를 붙여 격주 마감 혹은 월 마감하는 방식을 제안드리곤 했죠.

그러나 이 방식이 모든 작가님에게 정답은 아니에요. 한 작가님은 펜 선 작업이 지루해서 2화 연속으로 하는 것보다는 원고 완성 공정을 빠르게 돌리는 것이 더 잘 맞다고 했고, 다른 작가님은 작업 기간이 늘어날수록 그 안도감에 더 마음이 놓였다가 마감일이 되어서야 하는 모습에 차라리 매주 마감으로 해야 완성에 도움이 된다는 걸 알았다고 하곤 했으니깐요. 이렇게 자신에게 맞는 방식은 다 다르더라고요. 작업 기간도 집중이 잘 되는 장소와 시간대도 말이죠. 그러니 론칭 전 많은 시도를 통해 자신에게 잘 맞는 방식은 무엇인지 알고, 그 환경을 세팅해 보면 좋을 것 같습니다.

여기까지는 웹툰 PD의 시각으로 바라본 방법이었습니다. 진짜 작가님들의 노하우가 더욱 유용한 답변이 될 것 같아, 시간 활용을 잘 하고 마감을 늦은 적이 없는 작가님께 그 방법을 물어봤습니다.

직장과 매주 연재를 병행했던 만화경 〈매일의 선물〉
_____
행거 작가님
_____

계약 후, 화별 로그라인을 50화까지 각각 한 줄로 정리하고 들어갔었는데요! 그게 참 도움이 되더라고요, 연재를 하면서도 다음 화 내용을 확인하고 그릴 수 있고 전체적인 가이드라인이 되어 든든했습니다. 그리고, 론칭 전 미리 세이브 원고 10화를 만들어둔 것도 도움이 되었습니다. 다행히 세이브 원고를 소진하는 일은 없었지만, 매주 연재하는 당시 이 원고의 존재만으로도 든든했으니깐요. 저는 도전 만화에 작품을 올림과 동시에 직장인으로 회사 입사도 했는데요!

그 후 플랫폼과 계약하여 연재 준비를 한 케이스예요. 좋아했고 하고 싶어서 시작한 일이었기에, 웹툰 작업과 직장 생활을 병행하는 게 힘들지 않았어요. 오히려 이때는 직장인으로서 사용할 수 있는 시간이 한정적이었기에, 시간을 더 효율적으로 사용하고 더 집중할 수 있었거든요. 예를 들어, 출퇴근길이 왕복 3시간이 걸렸었는데, 이때 아이패드 미니를 챙겨서 콘티와 스케치까지 했답니다. 그래서 오히려 출퇴근 시간이 짧게 느껴졌고, 퇴근 후에 작업하는 게 습관이 되었죠. 반전은 퇴사 후 기대와는 달리 오히려 시간이 많아지니까 시간을 잘 활용하는 게 힘들었어요.

계획 세우는 걸 좋아해서 일주일 중 하루는 다음 한 주를 계획하는 시간을 가졌고요. 일주일에 1화 완성을 목표로 일별 어떤 단계까지 해두어야 하는지 계획을 세우고 나면, 그대로 하면 되니 마음이 편해지고 정리가 되어 추천합니다.

저는 매주 마감하는 방식이었는데요, 이게 오히려 좋았던 게 PD님과 메일 주고받는 것 자체가 즐거웠기 때문이에요. 웹툰 이야기뿐만 아니라 하늘이 예쁘면 서로 사진을 주고받던 기억이 재미있었어요. 그리고 피드백이 자주 진행되는 게 더 이야기가 발전적이고 진전되는 느낌이라 좋았습니다.

* * *

Q. 내 작품을 돋보이게 하는 방법이 있을까요?

A. 있습니다! 질문을 받고 PD 입장에서 새로운 웹툰을 발굴할 때 어떤 작품이 눈길을 끌고 클릭까지 이끄는지 생각해 봤어요. 네이버 도전 만화와 포스타입 등 정식 연재 작가가 아니더라도 자유 연재가 가능한 곳들에서 신인 작가를 발굴합니다.

매일 올라오는 새로운 웹툰 목록을 스크롤하며, 한 페이지에 열 개 가까이 되는 작품 목록을 보기에 섬네일이 튀어야 눈에 들어오더라고요. 튄다는 것의 의미는 섬네일에서 보이는 그림이 안정적이거나 매력 있거나 작품의 내용이 궁금해질 때로 이해를 돕기 위해 정의해 봅니다.

예를 들어 섬네일에서 로맨스 장르에 어울리는 예쁜 그림체와 안정적인 작화 실력이 보인다면, 클릭하여 원고에서도 이 섬네일과 같은 퀄리티가 유지되는지와 스토리가 재미있고 다음 화가 궁금해지는지를 확인하게 되는 것이지요. 더불어 단 1화만 있다면 다음 화부터 그림체가 무너지진 않을까 하는 우려에 다음 화를 기다려서 컨택 여부를 결정하곤 해요.

혹은 흔하지 않은 배경색에 눈길이 갈 때도 있습니다. 강렬한 원색의 배경 덕분에 섬네일을 들여다보니 심상치 않은 표정의 여주가 눈에 띕니다. 그제야 제목도 눈에 들어왔고요.

〈도둑잡기〉라니! 때마침 추리물에 빠져있던 제가 클릭하지 않을 수 없죠. 1화를 보니 섬네일보다 더 화려한 작화와 다양한 연출로 인해 마치 영화를 보는 것처럼 몰입되더라고요. '학교 안에서 도둑 잡는 일이 이렇게 긴장감 넘치고 멋질 일이야?'라면서 잔뜩 몰입해버리게 만드는 작품에 저도 모르게 컨택 메일을 작성하고 있더라고요.

컨택하기 위해서는 원고 하단이나 작가 한마디란에 꼭 이메일 주소 혹은 DM을 보낼 수 있도록 SNS 주소라도 넣어주시면, PD들이 애가 타지 않고 작가님께 빠르게 컨택하는데 도움이 된답니다. 컨택하고 싶어서 몇 달이나 연락처를 찾아보다가 실패하는 경우도 종종 있기 때문입니다. 그때는 한동안 그 작품이 눈에 아른거리더라고요.

이렇게 웹툰을 올리는 사이트들 외에도 PD들은 인스타그램도 살펴보곤 합니다. 주로 컷툰 작가님들은 스크롤 뷰 형식이 아닌 컷툰 뷰처럼 옆으로 넘겨볼 수 있는 인스타그램에 인스타툰 혹은 일러스트를 올리는 계정을 통해 발견하게 되니깐요.

데뷔작 〈도둑잡기〉부터 여러 회사의 러브콜을 받았고,

차기작 〈사람의 탈〉을 네이버웹툰에서 연재하는 **우주돌 작가님**

쏟아지는 콘텐츠의 바다에 작품을 내놓을 때는 늘 두렵습니다. 그래서 저는 작품을 기획할 때 늘 '그래서 이걸 왜 봐야 되는데?'라는 질문을 스스로에게 던지고는 합니다. 이유는 각양각색입니다. '주인공이 매력적이라서', '감동적인 서사 때문에', '밝혀지지 않은 비밀이 궁금해서', '작화가 예뻐서' 등…. 작품을 봐야 할 이유가 뚜렷할수록 작품은 뾰족한 무기를 가지게 됩니다. 하지만 주변에 의견을 물어서는 답변을 얻기가 어려웠습니다. 그들은 제 지인이라서 작품을 본 것이지 작품을 선택할 만한 독자가 아니었거든요.

저는 제 자신을 첫 번째 독자라고 생각하곤 합니다. 물론, 창작자로서의 나와 독자로서의 나를 분리해 내는 건 늘 어렵습니다. 이유는 모르겠지만 창작자로서는 자꾸만 독자들이 싫어할 만한 일을 하고 싶다는 충동이 들기도 하거든요.

최근에 나온 본 적 없는 신작들을 쭉 늘어놓고, 재미있어 보이는 것들만 봤습니다. 그러고는 '내가 왜 이걸 골랐지?', '왜 저건 고르지 않았지?'에 대해 생각했어요. 또 1화를 본 뒤에 2화가 보고 싶었던 것들만 추려서 '내가 왜 이걸 더 보고 싶었지?'에 대해 생각했습니다. 내가 독자로서 중요하게 생각하는 재미의 요소를 구체화하는 거죠. 그리고는 내 웹툰을보면서 내 웹툰은 독자로서의 나를 만족시키는가에 대해 생각해 봤습니다. 저 역시 늘 고전하고는 있습니다만 그 과정을 통해 자기 작품을 객관적으로 보는 능력이 향상되고, 그로 인해 작품을 좀 더 나은 방향으로 개선해온 것 같습니다.

* * *

Q. 다른 작품과의 차별점은 어떻게 만들 수 있나요?

A. 내 작품만의 개성을 가져가는 방법은 다양할 것 같아요! 우선 장르적으로는 한 단어를 더 추가하는 형식으로 조금 더 반경을 좁혀볼 수 있을 것 같은데요. 예를 들어 로맨스에서도 현대 로맨스 배경의 작품들이 많기에, 경쟁 상대가 많은 현대 로맨스보다 조금 더 작품 수가 적은 동양 로맨스 혹은 더 나아가 동양 로맨스 판타지 이렇게 분야를 세분화하고 좁혀보는 거죠~ 그렇게 하다 보면 자신만의 장르를 개척하게 되고, 이 장르 하면 내 작품이 생각나는 효과도 있을 테고요!

원고 내에서는 마지막 장면을 활용하는 방법도 있답니다. 담당 작품 중, 7명의 아이들이 주인공인 작품이 있었어요. 키도 복장도 비슷하게 보이는 이 아이들을 어떻게 하면 독자들에게 잘 각인시켜서 헷갈리지 않도록 할지 고민되었죠. 고민

끝에 내린 결론은 매화 새로운 친구들이 등장하니까 마지막 장면을 무대처럼 꾸며서 1화에 등장한 친구들은 컬러로 아직 등장하지 않은 친구들은 실루엣으로 보여주어 다음 주인공이 기대되게끔 연출했답니다! 친구들 한 명씩 조명 받길 바라는 마음에 작가님께 GIF로 한 명씩 조명과 컬러로 등장하게끔 요청드렸고, GIF 형식에 놀란 독자들의 댓글들이 가득 쌓였죠.

또 다른 사례로는 다이어리 컨셉으로 제목부터 원고까지 구성한 작품이 있었어요. 매화 마지막 장면에 여주인공이 다이어리에 쓴 그날의 일기를 귀여운 스티커와 함께 보이도록 구성해 주셨죠.

첫사랑을 시작한 중학생 여주인공이었기에 이 비밀 다이어리 컨셉이 여주인공의 마음을 담기에 잘 어울리는 소재였고, 매화 마지막 장면에 그날 있었던 일과 감정을 정리해 주니 독자 입장에서는 이번 화의 내용이 다시 한번 각인되고, 무엇보다 여주인공의 다이어리를 엿보는 듯한 기분이 들어 더 친밀감을 주더라고요.

그 외 요소에 따라 차별성이 느껴졌던 담당 작품들도 참고할 수 있도록 소개합니다.

〈내일은 첫사랑의 생일이다〉라는 작품은 미팅 때 작가님이 앞의 줄거리를 설명해 주는 순간, 이거다! 싶은 생각이 들 정도로 신선하고 매력적으로 느껴졌어요. 제목 그대로 내일이 첫사랑의 생일인 4명의 주인공들의 이야기가 순차적으로 이어지는 형식이에요. 고등학교 2학년 봄, 남주의 첫사랑이 시작되고 대학생이 되어 맞은 여름에는 남주의 첫사랑이었던 여주의 첫사랑이 시작되는 식의 계절과 연령대와 주인공이 바통 터치식으로 변하는 옴니버스식 구조이죠. 기존 한 명의 주인공 시점에서 펼쳐지는 로맨스와는 다른 형식이라 새롭게 느껴졌어요!

반려동물이 세상을 떠나면 무지개다리를 건너고 주인이 오면 가장 먼저 반기려 기다리고 있다는 말 다들 아실 거예요. 그런데 꼭 반려가 동물뿐일까요? 어릴 적 다들 가지고 있던 애착 인형 기억나시나요. 이 인형들도 주인이 잃어버리는 순간 무지개다리를 건너게 되고, 주인과 다시 만날 날만을 기다리는 이야기가 있답니다. 바로 〈인형천국〉이라는 작품이에요.

우리가 익숙한 이야기를 반려동물에서 반려 인형으로 변경하고 또 인물의 시선으로 진행되는 작품이 아닌 인형들이 주인공이 되어 인형의 시선에서 바라보는 인간들과의 이야기라 평범한 상황인데도 특별하고 귀엽게 보이더라고요! 이렇게 기존 웹툰의 형식에서 조금씩만 다르게 접근해도 새롭게 느껴지는 효과가 있답니다.

흑백부터 출판까지 다양함을 그려가는 만화경 〈미완주곡〉, 〈마모〉,

네이버웹툰 〈바바 다이어리〉 **이비 작가님**

구체적인 예시를 들면 좋을 것 같아서 제 작품 이야기를 해볼게요.

〈바바 다이어리〉를 기획할 때 작품의 톤 앤 매너가 확실했으면 좋겠다는 생각을 했습니다. 중학생들의 일상 로맨스이다 보니 아기자기한 느낌이 작품 내에 느껴지길 바랐고 그것을 하나로 관통해 줄 만한 아이덴티티가 필요했습니다. 당시 '다꾸(다이어리 꾸미기)' 열풍이 불었는데요. 주인공의 성격이나, 캐릭터 디자인에 무척 잘 어울리는 속성이라 생각해서 작품 컨셉 자체를 다이어리를 보는 듯한 감성으로 제작하기로 했습니다. 그래서 제목에도 '다이어리'가 들어간답니다.

그리고 가끔씩은 원고에 부록을 삽입하여 보는 재미를 더해주려고 했습니다.

'재미있다!'라고 느끼게 만드는 게 제일 중요하긴 하지만, '매력적이다!'라는 느낌도 들게 해주고 싶었답니다. 대부분 회차의 내용과 관련 있게 그립니다. 〈동우의 요리 교실〉이라던가, 〈태풍특보 시 행동요령〉 등등….

이 작품에는 정말 뜬금없이 아무 곳에나 등장하는 쭈쭈걸이라는 캐릭터도 있답니다.

'작품 세계관에서 제일 인기 있는 캐릭터 상품'이라는 설정인데요. 개인적으로 〈바바 다이어리〉의 시그니처 캐릭터라고 생각해요! 없어도 내용상 무방한 캐릭터지만 분위기를 재치 있게, 더 귀엽게 만들고 싶어서 넣었습니다. 호불호가 많이 갈리지 않을까 생각했는데 다행히도 독자님들이 좋아해 주셔서 너무나 뿌듯해요.

요약하자면, 작품의 컨셉을 명확히 하고 그것과 연관 있는 재미난 소재들을 하나씩 집어넣는 것이 저만의 차별점 만드는 법이라고 할 수 있겠네요.

동화 같은 세계관, 개성 있는 캐릭터로 동화 판타지 장르를 그려낸
만화경 〈레인보우 팔레트〉 **척애 작가님**

저는 '특별한 걸 특별하지 않게 만드는 일'을 즐기는 것 같아요. 우리가 살면서 느끼는 감정이 무엇이든, 우리가 어떻게 태어났든, 실패를 했든 성공을 했든 그건 우리 인생을 좌지우지할 만큼 크지 않다고, 전혀 특별한 게 아니라고 말하는 걸 좋아해요.

〈레인보우 팔레트〉는 특별해 보이지만 실은 전혀 특별하지 않았던 아이들이 나오죠. 사실 색깔들의 이야기라고 엄청 판타지처럼 꾸몄지만 우리 사회에 녹아들어 있는 이야기예요. 이런 식으로 비현실과 현실을 접목해서 독자님들께 '완전히 다른 세상 이야기 같았는데 우리 이야기와 비슷한 것도 같다'

라는 감정을 느끼게 하는 걸 좋아해요.

예비 웹툰 작가님들께 드릴 수 있는 팁이라면, '평범한 것들 사이에 평범하지 않은 걸 넣어보자'가 될 것 같아요. 이게 익숙해지면 스토리 짜는 게 엄청 편해져요! 실제로 많은 이야기들이 일반적이지 않은 것에서 시작되죠.

영화 〈겨울왕국〉의 안나와 엘사는 사이가 안 좋은 걸 넘어서 마법의 부작용을 겪고 있었고, 영화 〈코코〉의 미겔은 음악을 싫어하는 비일반적인 가정에 태어났어요. 〈레인보우 팔레트〉의 주인공들은 문제라고 불릴 만큼 눈에 띄는 특징들이 있었고요.

결국 이야기를 완결까지 이끄는 건 주인공들의 욕망이자 목표라고 할 수 있어요. 그걸 바꾸고 싶은 열망을 활용하는 게 쉬워요. 그리고 그중에서도 가장 다루기 쉬운 건 평범하지 않은 것들이 평범하기 위해 움직이는 거죠.

이 평범을 나누는 기준의 예시로는 이상하게 부러진 나무젓가락, 삐뚤게 자른 앞머리, 배치가 어긋난 보도블럭처럼 우리 일상에서 '불편한데?' 싶었던 것들을 활용해 보는 것도 좋아요. 전 이걸 '멈칫'이라고 부르는데, 사람을 불편하게 만든다는 게 쉬운 것 같지만 은근 어렵거든요. 이 불편한 점을 파고들어서 왜 삐뚤어짐이 불편으로 이어지는지, 삐뚤어지면 안 되는 이유가 무엇인지, 여기까지 이어지면 문제 상황 자체에 물음표를 던지게 되고, 결론적으로 사람마다 가치관이 갈라져요.

이 과정이 상상력과 메시지를 연결 짓는 데에 꽤 도움이 돼요. 제가 구상하는 스토리들은 대개 이렇게 탄생했어요.

좋아하는 마음의 힘

함께라서 가능했던 웹툰 여정

먼저 이 책을 끝까지 읽어주셔서 감사합니다. 혹시 "웹툰은 어떻게 만들어지나요?", "웹툰 PD는 어떤 일을 하나요?"에 대한 답을 얻으셨을까요? 처음 겪는 상황들 속에서 어려웠던 제 신입 시절을 떠올리며, 부디 이 책이 그분들에게 도움이 되고 공감과 열정을 불러일으키는 글이 되길 바랍니다.

웹툰 해외 판권 매니저부터 웹툰 PD까지 약 6년간의 여정은 저에게 참으로 소중했습니다. 취미로 즐기던 일이 직업이 되었고, 그래서 출근이 기다려지는 판타지 같은 매일을 보낼 수 있었습니다. 좋아하는 마음의 힘은 참 세다고 느낍니다. 비록 서비스는 사라지더라도 좋아하는 곳에서 좋은 동료, 작가님들, 독자님들과 즐겁게 소통했던 일들을 오래 기억하고 싶은 마음에 출근 전과 퇴근 후, 그리고 주말을 이용해 1년간에 걸쳐 이야기를 써 내려갈 수 있게 만들어주었으니까요!

이 책이 웹툰 PD, 웹툰 작가가 꿈인 지망생분들에게 그리고 좋아하는 웹툰의 뒷면이 궁금했던 애독자님들에게 선물 같은 책이 되길 바라며. 저는 그럼 여러분들이 앞으로 그려갈 각자의 에피소드를 기대하고 응원하며 이 책의 마침표를 찍습니다. 감사합니다.

더불어 이분들 덕분에 제 (웹툰 인생) 책이 완성될 수 있었습니다. 만화만 본다고 혼내는 게 아닌 만화 학원에 보내주고 늘 응원해 주신 부모님과 그런 저를 자랑스러워하는 동생 덕분에 학생 때부터 직장인이 되어서까지 만화만 보는데도 오히려 칭찬받는 삶을 살 수 있었습니다. 너나 할 것 없이 스스로를 '만모바(만화경밖에 모르는 바보)'라고 부르며 웹툰과 작가님과 독자님 그리고 우리 서비스에 진심이었던 동료들과 넘치는 열정과 아이디어에도 늘 "해보시죠"라고 답해주던 부장님 덕분에 출근이 기다려지고 야근은 즐거운, 열정으로 불태우며 성장할 수 있었습니다. 제 열정에 같이 감화되어 주시고 늘 믿어주시고 응원해 주시던 다정하고 포근했던 작가님들 덕분에 더욱 작품에 진심으로 임할 수 있었습니다. 악플 방범대를 자처하고 각종 이벤트 참여부터 팬아트와 애독자 엽서들까지 순수하고 적극적인 애정을 보내줬던 독자님들 덕분에 힘이 나고 자부심을 가질 수 있었습니다(이 자리를 빌려 서비스 시작부터 끝까지 모든 작품에 댓글을 남겨주신 'to2d4e'님께도 감사 인사 전합니다. 이 정도의 애정과 열정이면 당연히 구성원일 줄 알고 매년 여러 명을 의심했는데 아니라서 놀랍고 감사할 뿐이랍니다. 큰 힘이 되었습니다).

"산타님의 이야기가 궁금해요, 꼭 글로 써주세요!"라고 눈을 빛내주셨던 오키로북스 독립서점 사장님 덕분에 제 이야기를 쓸 용기가 생겼고, 매주 퇴근 후 온·오프라인으로 만나 함께 글을 쓰고 감상평을 남겨주었던 러닝 글쓰기 스터디분들 덕분에 글을 쓸 수 있는 근

육이 만들어질 수 있었습니다. 책으로 내고 그 수익금을 다양성 만화 지원사업금으로 기부하고 싶다는 말에 "산타님은 할 수 있을 거예요!"라며 만년필을 선물해 준 동료 덕분에 출간까지 올 수 있었습니다. 제 기획서와 원고를 알아봐 주시고 귀하게 대해주셨던 지콜론북 대표님과 늘 다정하고 사려 깊은 에디터님 덕분에 작가로서의 첫걸음부터 마지막 걸음까지 넘어지지 않고 무사히 완주할 수 있었습니다.

작품 활동으로 바쁜 와중에도 흔쾌히 인터뷰해 주신 우주돌, 이비, 척애, 휘요, 행거 작가님과 늘 다정하고 세심함으로 힘이 되어준 제 멘토 뱁새 편집자님, 만화 인생의 첫 걸음마를 떼게 해주신 만화 학원 애니포스의 공쌤, 그리고 학생 시절 서로의 꿈에 대해 한참을 떠들다가 이제는 같은 PD가 되어 추천사를 써준 드라마 PD 하나와 이 책의 방향과 카피 아이디어부터 추천사까지 써주신 동료 재형님 덕분에 책의 시작부터 끝까지 감사한 마음과 응원들로 든든할 수 있었습니다.

마지막으로, 퇴근 후 스터디를 다녀오고 새벽과 주말에 글을 쓰는 제게 늘 멋지고 대단하다며 응원해 줬던 남편 덕분에 마지막까지 힘을 낼 수 있었습니다.

돌아보면 참 혼자의 힘으로는 할 수 없었다는 사실을 알게 되네요! 위에 언급한 분들과 지금 이 책의 마지막 장까지 봐주신 여러분들 덕분에 여기까지 올 수 있었습니다. 감사하고 감사합니다.

여러분의 웹툰을 기대하고 응원하는 한 명의 독자로서

웹툰 보러 출근합니다

기획부터 완결까지 웹툰 PD의 좌충우돌 성장 일기

초판 1쇄 인쇄 2024년 12월 16일
초판 1쇄 발행 2024년 12월 24일

지은이 산타 PD
펴낸이 이준경
편 집 김현비
디자인 정미정
펴낸곳 지콜론북

출판등록 2011년 1월 6일 제406-2011-000003호
주소 경기도 파주시 문발로 242 3층
전화 031-955-4955
팩스 031-955-4959
홈페이지 www.gcolon.co.kr
인스타그램 @g_colonbook

ISBN 979-11-91059-61-8 (03810)
값 19,000원